VATTENPOJKEN 3
Under isen

MARIA E. LASSER

VATTENPOJKEN 3

Under isen

© Maria E. Lasser 2022
Förlag: BoD – Books on Demand, Stockholm, Sverige
Tryck: BoD – Books on Demand, Norderstedt, Tyskland
ISBN: 978-91-8027-663-4

Innehåll

KAPITEL 1 – Forskningsstationen

Det hade gått ganska snabbt att starta upp den övergivna forskningsstationen. Livet där kom snart igång och alla hittade sina uppgifter, också David. Han hjälpte till lite här och där, men mesta tiden tillbringade han med att utforska och samtidigt testa sin nya dykdräkt. Den här dräkten var mycket mer avancerad än den gamla, även om den gamla också hade varit ett tekniskt underverk. Den här var anpassad för djuphav så den hade mycket starkare strålkastare, ett stödskelett för att hålla vattentrycket på överkomlig nivå samt en hel del hjälpmedel både för ett liv i vatten och för strid i vatten. David behövde inte bekymra sig så mycket om vattentrycket, men fann att dräkten åter utökade den frihet som han fått när han kunnat flytta ut i insjön vid familjens sommarstuga.

David hade inte lungor som normala människor. Han var född med gälar på halsen och måste leva i vatten. Som liten hade han bott i fisktankar av olika storlek, men hans liv hade varit mycket begränsat. Nu, som fjortonåring, hade han äntligen fått frihet att röra sig obehindrat. Han hade börjat i insjön Birkevattn, fortsatt i undervattensgrottsystemet i bergsmassivet intill Birkevattn och staden Birkestad. Han hade hittat en väg genom grottorna och tunnlarna ut till Atlanten och hade tillgång till världshaven. Inget kunde stoppa honom nu! Förutom en tokig okänd Någon som var ute efter honom och Goliat, den lilla undervattensroboten som hans pappa Marcus konstruerat.

Davids pappa Marcus var uppfinnare och en mycket duktig sådan. Han hade konstruerat Davids fisktankar, talapparat och dykdräkter. Han jobbade för Svenska flottan ibland och hade utvecklat en hel del system för dem. David var mycket stolt över sin pappa. Men, tänkte han, det skulle han ha varit ändå, för hans pappa var en bra människa. Hans pappa ville alltid hjälpa och ställde alltid upp. Han kunde prata med sin pappa om allt. Efter att David upptäckt sociala medier så hade han förstått att alla pappor inte var sådana. Det gjorde David ledsen då han tyckte att alla förtjänar en pappa som var sådan som en pappa skulle vara. En som fanns där. En som ställde upp. Som lyssnade, förklarade, hjälpte, tja... som liksom var pappa. Som pappor skulle vara. Nu var hans pappa långt borta, men David visste att om han fick problem så skulle pappan komma rusande. Nåja, inte rusande, man rusar inte bara in och knackar på dörren till en forskningsstation som ligger på havsbotten på ungefär 400 meters djup, fnissade David när det komiska i situationen slog honom. Men hans pappa skulle komma, det visste han.

Han hade sina vänner med sig på forskningsstationen. Rurik och hans barn, tvillingarna Henrik och Helga, dykare utbildade på oljeriggar och på utrustning för provtagning. Charlotta var tidigare räddnings- och bärgningsdykare. Roland, som David hjälpt till att rädda ur den del av Birkestads grottsystem som inte var vattenfyllt, hade dykt för Svenska flottan. Davids vän Stefan, son till familjens vän Gregor, var en mycket skicklig undervattenssvetsare och hade bland annat jobbat på Snövit-anläggningen i nordnorge. Dessutom kände alla till hotbilden mot David och utrustningen som pappa Marcus hade konstruerat. David var mycket glad att han hade sina vänner med sig.

David var mycket nöjd med sitt nya hem. Han hade en egen del av forskningsstationen att hålla till i. Han hade ett större rum för undersökning, en liten kammare med en säng där han kunde sova ut samt ett litet rum som använts för att skicka prover från havssidan till insidan. Det lilla rummet hade ett fönster och en separat liten sluss som hans vänner använde när det var dags för mat. Ibland blev det lite komiskt, som när de försökte ge honom pannkaka med hallonsylt. Pannkakorna gick bra, men när hallonsylten kom i kontakt med havsvattnet när han öppnade slussen blev det – just det – pannkaka av alltsammans. Lätt munter satt David och åt sina pannkakor och tittade på när Rurik svärande städade bort hallonsylten ur slussen. Den hade fastnat ordentligt på väggarna när vattnet strömmade in.

Vännernas del av stationen var större och hade, förutom ett fullt utrustat laboratorium, fyra stora sovrum, en matsal med fullt utrustat kök samt det rum som David såg bakom sitt fönster och som kunde kallas kontrollrum. Den stora delen hade också en sluss som kunde vattenfyllas för dykarna när de ville lämna stationen. Den hade en annan sluss som ubåten använde för att docka med stationen samt en tryckkammare. Stationens luftfyllda del hade samma tryck som det omgivande havet och Davids vänner andades därför en trimixblandning för att klara trycket. En sidoeffekt var att alla lät som Kalle Anka, men det gjorde bara David lite lättad då det inte bara var hans röst som lät konstig. Han kunde inte använda stämbanden för normalt tal, så hans pappa Marcus hade konstruerat en apparat som tillät honom att tala. Med hjälp av talapparaten han hade i munnen kunde han också koppla in sig direkt på olika kommunikationssystem. Han var alltid inkopplad mot den kommunikationscentral som pappa Marcus och farbror Anders utvecklat, den som fanns i bilen som stod på sommarstugans gräsmatta hemma i Birkestad. Övriga måste använda en bärbar station, en komstat. Forskningsstationen hade fått en egen sådan, och farbror Johan hade en större bärbar central från tidigare ombord på Evreka.

Davids farbror Johan befann sig på forskningsfartyget Evreka. Det hade intagit en position ovanför forskningsstationen medan Davids pappa Marcus och farbror Anders hade åkt hem till Birkestad. De var helt övertygade om att David var trygg där han var. Fartygets radar skulle upptäcka eventuella inkräktare relativt snabbt och ekolods- och hydrofonutrustningen som Goliat reparerat skulle upptäcka eventuella undervattensfarkoster som kunde tänkas innebära ett hot. Goliat hade ju upptäckt en främmande ubåt under räddningsoperationen vid oljeriggen som kollapsat.

Än en gång undrade David hur hans liv skulle ha sett ut om det inte varit för hans farbror Anders som var konteramiral i Svenska flottan. Det var tack vare farbror Anders som David hade fått sina fisktankar och övrig utrustning som pappa Marcus konstruerat. David visste att han inte var skyldig något för sin utrustning, för det hade hans Mommo förklarat, men David undrade hur pappa Marcus skulle ha hittat pengar för utveckling av utrustningen om inte farbror Anders och

Svenska flottan ställt upp. Nåja, tänkte David, onödigt att tänka för mycket på det. Farbror Anders fanns ju där nu.

Forskningsstationen låg 423 meter under havsytan, i övre delen av kontinentalbranten under Östsibiriska havet och Norra ishavet. Stationen hade konstruerats precis i brytningen mellan Sibiriska hyllan, den kontinentalhylla som sträckte sig bitvis mer än 900 sjömil från land under Östsibiriska havet, och kontinentalbranten som ledde ner till Makarovbassängen under Norra ishavet på närmare 4 000 meters djup. Mendelejevryggen låg ganska nära österut. Istäcket som hade varit vanligt i detta arktiska område vintertid hade fått ge vika för den globala uppvärmningen och världen var orolig för vad som skulle hända i området. Östsibiriska havet var fortfarande ganska okänt år 2036, så man visste inte helt vad man kunde vänta sig. ISSS-2020-programmet, ett internationellt samarbete med målet att utforska permafrostbältet under Östsibiriska havet och det intilliggande Laptevhavet, hade gjort ett jättejobb i regionerna närmare land, men platsen där forskningsstationen låg var relativt okänd.

Vännerna turades om att ta prover enligt instruktioner som de fick från farbror Johan ombord på Evreka. Han och hans team av marinbiologer och maringeologer var nyfikna på allt som teamet kunde hitta. Den globala uppvärmningen hade tyvärr fått fortgå alldeles för länge. Ett efter ett av de globala miljöfördrag som hela världen hade ratificerat hade gått i stöpet av skilda orsaker, flera av dem på grund av covid-19-epidemin på 2020-talet. Polarisarna, både den arktiska och den antarktiska, hade smält med förödande resultat och vissa landområden hade redan lagts under vatten. Stora floddeltan hade länge erbjudit resurser för befolkningen. En mycket hög andel av populationen hade bott inom dessa områden men efter hand fått ge sig iväg för den stigande havsnivån. Kina var mycket illa ute på grund av sina många stora floder och hade jobbat hårt för ett heltäckande miljöfördrag. USA som länge av hävd vägrat underkasta sig någon som helst överhöghet hade fått se sig mer eller mindre tvingat till underkastelse efter sönderfallet av republiken. Inget ont som inte har något gott med sig, sa ledare i övriga världen och skyndade sig att sätta upp hårda villkor för bevarandet av miljön. Världen höll andan och avvaktade hur det skulle gå med Montreal-2032-fördraget, men hittills hade det gått bra. Farbror Johans team hade fått i uppdrag att genomföra mätningar i Norra ishavet för att forskarna skulle kunna avgöra i vilken utsträckning de nuvarande åtgärderna hjälpte. David fick sina egna uppdrag i samband med detta. Han hjälpte till att placera ut sensorer runt om forskningsstationen.

– Visst, vi kan använda ubåten och vi kommer att göra det också i viss utsträckning, MEN du har också ett gyllene tillfälle att slå två flugor i en smäll och samtidigt testa din dräkt, menade farbror Johan.

– Vi måste ju också testa våra dräkter, hade Rurik påpekat. Vi är först med att använda din dräkt tillsammans med normal utrustning för dykare. Det har inte gjorts tidigare.

– Svenska flottan ska utföra noggranna tester också, men vi är först!

Roland var ganska stolt över det.

– Allt tack vare dig, David! lade han till.

David sa inte emot. Han gillade att vara nyttig. Det fick honom att känna sig som en i teamet trots att han var så väldigt annorlunda. Lisa hade haft rätt, trodde han. Han hade hittat sin plats i universum. Det var detta han skulle göra. Han skulle använda sina unika egenskaper för att hjälpa till.

Davids vänner hade delat upp sig i tre skift; två av dem låg och sov, två jobbade och två var vakna men hade fritid, vilket betydde att de skötte hemmasysslorna, reparationer, matlagning, städning och sådant. Som vanligt hade Rurik och hans barn blivit placerade i olika team, men denna gång inte främst för att de pratade för mycket. De måste helt enkelt vara i olika team därför att de var provtagningsexperter. De tre fann sig godmodigt i sitt öde, konstaterade att skicklighet har sitt pris och ryckte på axlarna. David trodde att de kanske var lite smickrade ändå. Han trodde att han själv skulle vara det.

Rurik och Stefan utgjorde ett team, Henrik och Charlotta ett annat samt Helga och Roland det tredje. Med jämna mellanrum fick de besök från Evreka. Ubåten kom med instruktioner och hämtade också de prover som teamen hämtat och preparerat för att geologerna och biologerna på Evreka skulle kunna undersöka dem närmare.

Vännerna höll sig nära forskningsstationen medan David gjorde längre turer tillsammans med Goliat. Ja, Goliat. Han var ju urtypen för "tekniskt underverk", tänkte David. Det var inte konstigt att skurkar var ute efter Goliat. Den lilla roboten var konstruerad med ett helt nytt material, samma som Davids dykdräkt, och hade dessutom en revolutionerande teknik i sin hjärna, sin dator. Både hårdvara och mjukvara var ny design. Han var en så kallad IUV, Intelligent Underwater Vehicle. David kunde förstå att Goliat var intressant för en massa människor, men att gå så långt som till att vilja stjäla honom? David visste att Goliat ju egentligen tillhörde Svenska flottan. Han var utvecklad och konstruerad av pappa Marcus, men gjord för Svenska flottan.

David följde sin egen rutin. Med Goliats hjälp fortsatte han sina lektioner, utan mamma Lilian men enligt ett schema som han antog att mamma Lilian lagt upp. David fann att det var mycket uppfriskande att ha lektioner med Goliat. Den lilla roboten blev ibland överentusiastisk över något relaterat ämne och sedan urartade hela lektionen. David hade absolut inget emot det, även om han i sitt stilla sinne undrade vilken typ av utskällning han skulle få sedan när han kom hem igen. Han skulle antagligen behöva tenta.

Efter de dagliga lektionerna, som gick på förmiddagen, hjälpte han det team som hade hand om provtagningarna på eftermiddagen. Han tog det lugnt då tanken var att han samtidigt skulle testa dräkten. Goliat var ständigt vid hans sida och utförde sina egna mätningar för att jämföra med mätresultaten i dräktens egna instrument. Efter middagen hade David fritid och den tillbringade han ofta med att utforska omgivningen. Han ville inte gå in på sociala medier eftersom han inte kunde kontakta eller på något vis kommunicera med sina nära och kära. Hans farbror Johan hade låtit honom komma in på Evrekas kanaler så att han kunde hålla koll på vad som hände i världen, men han kände sig ändå utanför. Därför föredrog han att tillbringa tiden någon annanstans.

Farbror Johan var ibland med i ubåten och han hade hälsningar hemifrån. David såg framför sig de andra, de som fanns kvar i Birkestad. Mamma Lilian, Mommo och Max. Hunden Max hade varit hans sällskap när de flyttat ut till sommarstugan vid Birkevattn. Den svarta pälsmissilen älskade att ligga på sin specialbyggda flotte när David drog den över sjön. Max älskade också att hälsa på människor, grundligt. Han hälsade ibland så grundligt att människor åkte i sjön. David flinade åt minnet av en och annan dyblöt person som kravlat sig upp ur vattnet efter Max pusskalas.

Hemma fanns också Lisa, som var Gregors dotter och Stefans syster. David gillade Lisa. De hade pratat jättemycket under utbrottet av povid-36 tidigare, innan Lisa blev sjuk. Nu fanns det en medicin mot povid-36. David hade hittat en växt i undervattensgrottsystemet. När Max hade ätit upp växten då han blivit sjuk och på så sätt blivit frisk igen, hade Mommo förstått vad som hänt och bryggt te på växten. På så vis blev hon själv och alla där hemma botade. Sedan hade mamma Lilian utvecklat en medicin, Birkeveten, med hjälp av växten. Medicinen hade distribuerats över hela världen och numera var det ganska ovanligt att någon dog av povid-36. Ett flertal företag var också i färd med att utveckla ett vaccin.

David saknade alla där hemma, men han visste att han måste hålla sig undan en tid åtminstone. Hans närvaro kunde innebära fara för de andra. De som var ute efter Davids dykdräkt kunde få för sig att skada någon av hans vänner för att få som de ville. David hade svårt att förstå att någon kunde vara så gemen, men han visste att han inte ville orsaka problem för någon annan. Pappa Marcus och farbror Anders skulle säkert komma på vem det var som ville åt pappa Marcus uppfinningar, och sedan skulle de gripa personen och ställa hen inför rätta. Eller något.

David kunde själv inte kontakta någon och visste att ingen kunde nämna honom vid namn i telefonsamtal och liknande, men han trodde att de kanske hade hittat ett sätt att prata om honom ändå. Han fann ro i farbror Johans berättelser om hur det gick hemma i Birkestad. Stefan pratade också ibland med sin familj, oftast med sin pappa Gregor, men ibland med sin syster Lisa. Han gjorde det ibland bredvid Davids fönster så David kunde lyssna. Ingen nämnde hans namn, men han förstod att personen i andra änden visste att David lyssnade. De berättade hur det gick för Max, hur han hade flyttat hem till Mommo och levde livet i hennes snötäckta trädgård. De talade om hur isen lade sig på Birkevattn. De berättade om hur vinterturismen ökade efter att det blev känt att medicinen Birkeveten, den som mamma Lilian utvecklat mot povid-36, kom från just Birkestad. Gregor hade fotot av Max hängande i sin butik, och som han lovat var det inramat med orden "Birkestads Hjälte" i stora bokstäver. Alla ville träffa Max, men Gregor var mycket försiktig med vem som verkligen fick träffa honom. De visste att från Max var steget till David ganska kort, så de gjorde vad de kunde för att hålla nyfikna borta. Ingen sa något högt, men David antog att det var därför som Max flyttat hem till Mommo. Det var enklare att dölja David om Max hörde till Mommo. David blev lite ledsen, men han förstod.

David och Goliat hade snart utforskat kontinentalbranten och kontinentalsockeln runt omkring forskningsstationen. Forskningsstationen låg på en slätt en bit ner i branten, på säkert avstånd från Rysslands 200 sjömilsgräns för den exklusiva ekonomiska zonen. Nya Sibiriska Öarna låg ändå inte så väldigt långt borta. David var lite nyfiken. Han undrade om han kunde få simma upp mot öarna och kika lite. Sedan besinnade han sig. Det var många sjömil till öarna härifrån, och han skulle inte hinna på en dag. Dessutom var öarna ryska, så han som saknade pass borde hålla sig undan. Han insåg att det absolut inte skulle gå lika enkelt i Ryssland som det gjort i Norge när han dök upp ur havet helt apropå. Kanske bättre då att söka sig åt andra hållet, mot Kanada till? Han fnissade lite åt sig själv; han visste att han måste hålla sig undan men han kunde ju drömma. Han skulle troligtvis ändå få uppleva lite äventyr. De skulle ju utforska Lomonosovryggen också. David tänkte för sig själv att det lät konstigt när alla pratade om en bergsrygg då hela bergsryggen låg under vatten, men han visste inte vad han skulle kalla den annars. "Undervattensbergsrygg" blev på tok för långt, även om det väl rent tekniskt var korrekt. Han frågade farbror Johan en dag och fick reda på att det skulle heta "undervattensrygg". Havsbotten låg på över 4 000 meters djup i området som kallades Amundsenbassängen på Atlantsidan av undervattensryggen, och Makarovbassängen på deras sida av Lomonosovryggen var obetydligt grundare. På sådana djup nådde en massiv bergsrygg på över 3 400 meter inte ens i närheten av havsytan.

KAPITEL 2 – Julklappen

En morgon vaknade David av ett konstigt ringande i öronen. Det lät som... bjällror? Vad var detta?

– Hohoho, hörde han helt plötsligt i öronsnäckan. Finns det några snälla barn här?

En massa bakgrundsfniss störde den högtidliga frågan. Plötsligt insåg David att idag var det julafton! Han skyndade sig att stiga upp och simmade in i det lilla provrummet, det med fönster mot resten av stationen. När han satte sig på stolen såg han att hans vänner redan var samlade. I hörnet av det rum som endast kunde kallas kontrollrum stod något helt främmande, något som passade mycket illa in bland alla dataskärmar och kontrollpaneler. En julgran! En grön, fin, pyntad julgran! Under granen låg paket, fina paket i glada färger och med lika färggranna band runt.

Davids föräldrar hade inte firat varken jul eller födelsedagar med en massa presenter eftersom de hade svårt att hitta presenter som David skulle ha nytta av. Vanligtvis fick barn skridskor och skidor och stickade halsdukar i mjuka paket som inga barn vill ha. De fick bilbanor och dockor och en massa leksaker som de kunde använda i pulkabacken. Eller i skolan. Eller i lekparken. De fick cyklar och skor. David använde inget sådant och hade absolut ingen nytta av sådana leksaker. Visst hade han lekt, men inte med saker på samma sätt. Davids föräldrar hade istället haft ett speciellt tema varje jul, något som de tyckte var både nyttigt och roligt. Familjen hade spenderat julhelgen med att lära sig mer om det tema som var årets julklapp. Ett år hade de studerat biodlingar och bins betydelse för livet på planeten Jorden. Det året hade de donerat en större summa till forskning för bins bästa istället för att köpa "normala" julklappar. Följande år hade de understött byggandet av det första vågkraftverket i Sverige. Året efter det hade de undersökt olika biomimetikprocesser. De få presenter som David fick hade vanligtvis någon anknytning till årets tema. Mommo var den enda som inte följt temat varje år. Hon hade envisats med att "pojken måste få vara pojke också" och gett honom en massa saker som kunde ha ansetts vara onyttiga, men som var ack så nödvändiga för hans utveckling till en vanlig tonåring. Det var Mommo som hade köpt en begagnad Playstation åt honom och en massa klassiska spel, som Spyro the Dragon och Crash Bandicoot. Senare följde hon upp det med Urban Chaos, Tomb Raider och Driver när han blev äldre. Det var Mommo som hade kommit åkande på sin gamla Solifer-moppe och triumferande ropat ända från vägen att hon lyckats komma över ett original Donkey Kong, inte replikan som getts ut senare. Mommo invigde honom i mysterierna i Warcraft-universumet, och efter att de läst böckerna om Witcher så var inte steget långt till det spelet heller.

David tittade intresserat på paketen under julgranen och undrade vad som fanns i dem. Han gillade presenter men var lite fundersam. Efter några veckor med speciellt tvillingarnas skämtlynne så hade David utvecklat en sund misstänksamhet. Helga hade visat sig vara en mycket trevlig tjej och hade snabbt tagit platsen som den storasyster David aldrig haft. Hon var mycket intresserad av hur David såg på saker och ting. När David undrade såg hon på honom en stund innan hon förklarade.

– Jag växte upp utan mamma. Hon dog när jag var mycket liten. Min pappa har gjort sitt absolut bästa, du förstår väl att jag inte klagar? Men han är man, och min bror är man. Pappa var noga med att köpa både dockor och bilbanor så att vi själva skulle kunna välja det som passade oss bäst. Han har gjort ett jättejobb, men jag har saknat en kvinnlig förebild och det gör att jag uppfattas som annorlunda, manhaftig och självständig i en dålig bemärkelse och så. Du är också annorlunda men på ett annat sätt. Därför vill jag gärna höra hur du uppfattar saker och ting. Jag tror vi kan lära av varandra.

David funderade ett ögonblick och nickade sedan.

– Du har rätt, jag har svårt att förstå vissa saker också. Lisa, Stefans syster alltså, hon har lärt mig och förklarat en hel massa. Jag menar, det finns ju internet och sociala medier, men det finns saker som man inte kan lära därifrån. Jag undrar om det kanske är samma sak med dig?

Helga funderade i sin tur ett ögonblick och nickade.

– Ja, det stämmer, det är precis sådant som jag funderar på. Charlotta har hjälpt mig massor, men hon och jag är ändå ganska olika som personer. Hon passar bra ihop med min bror, log Helga. Hon kan ge honom den trygghet som han också till viss del saknar.

David log. Sedan mindes han plötsligt Stefans min när han såg Helga första gången. Hans leende blev bredare.

– Du, Stefan är Lisas bror, jag undrar om inte han kunde hjälpa dig?

– Stefan? Men han är också man.

– Ja, det stämmer. Trots det så tror jag att han kan hjälpa dig. Hela den familjen är mycket öppen och framåt av sig, och de älskar varandra över allt annat i hela världen. Jag tror du kan bli förvånad när du pratar med Stefan.

– Tror du? Helga såg på honom ett ögonblick.

– Ja, log David. Jag har haft att göra med Stefan flera gånger hemma i Birkestad. Han är min vän. Du kan väl prata lite med honom? Bara för att lära känna honom? Funkar det inte så hittar vi på något annat, eller hur?

Helga log.

– Visst, vi försöker så.

Med Rurik som ställföreträdande tomte var snart alla julklapparna utdelade. David såg de vanliga mjuka paketen med tröjor och strumpor och stickade halsdukar, samt ett antal hårda paket som visade sig innehålla allt från nya rakapparater till böcker och de 3D-spel som blivit så populära. David tittade lite undrande när han öppnade sin julklapp. En ryggsäck. En närmare granskning visade att ryggsäcken var gjord i samma material som hans dykdräkt.

– Kom igen, öppna den! uppmanade Roland.

David tittade upp och såg att alla tittade på honom genom fönstret. Han insåg att alla andra visste vad som fanns i ryggsäcken.

Försiktigt lossade han spärren som skulle hindra att ryggsäcken öppnades av misstag. Han tog tag och öppnade locket och kikade på innehållet. Där fanns flera fack med små lock som hade kardborrestängning. Några fack var tomma medan andra hade innehåll. Han lyfte försiktigt ut ett ganska stort paket ur ett av facken där det stod "tält" på etiketten. Han vred och vände på det rektangulära paketet och undrade hur han skulle bära sig åt. Bredvid honom visslade Goliat en liten ton och paketet började helt plötsligt veckla ut sig! Oj, tänkte David, nu har pappa Marcus överträffat sig själv!

Paketet tog förvånansvärt lite tid på sig innan det hade vecklat ut alla lager. När det var klart pep det för att markera att det var klart. Framför sig hade David något som såg ut som ett normalt litet enmanstält, men det saknade både tältpinnar och linor.

– Det flyter, förklarade Stefan kryptiskt.

David tittade upp.

– Din farbror Johan berättade att det är designat för att flyta. Det har också små jetmotorer som ska hålla det på plats. Det har en liten, förenklad version av komstaten som gör att det kan hålla sig kvar på centimetern där du vill. Det håller sig på plats i förhållande till omgivningen och håller sig också på rätt köl i förhållande till omgivningen. Dessutom är det ytterligare förstärkt så den som vill ha sönder det blir tvungen att kämpa ganska hårt. Du kan sova helt tryggt inuti tältet, log Stefan.

David kände hur upphetsningen steg när han började inse möjligheterna med ett sådant tält. Wow alltså! Han undersökte innehållet i ryggsäckens övriga fack. Några extra strålkastare, en något mindre läslampa, ett instrument som liknade det som fadern använt när han lappat den gamla dykdräkten och andra instrument som David aldrig tidigare sett.

– En campingutrustning speciellt framtagen för dig,

myste Rurik när han såg hur belåten David blivit. Allt har sin egen energikälla, en variant av det batteri som din dykdräkt använder sig av och som laddar när du rör dig. De här nya energikällorna använder energin ur vattnet som rör sig runt omkring. Rent teoretiskt kan dessa energikällor ladda ur om de blir fast i ett område totalt utan strömningar, men de är fulladdade nu och om du bara är försiktig så laddas de heller aldrig ur.

David saknade ord. Han hade känt sig lite fången på stationen, inte för att han var det utan för att han var tvingad att vara där. Nu hade han en väg ut, ett sätt att komma bort utan att försätta sig i fara. Han förstod att hans pappa insett det och gjort något åt saken. Hans vänner visste vad det betydde och gladde sig för hans skull. Han såg vännernas leende ansikten och kunde åter konstatera att han hade fina vänner!

Efter julfirandet var David ivrig att börja utforskningen igen, nu när han hade sin egen campingutrustning. Tiden hade kommit att på allvar undersöka vad dykdräkten kunde klara, så han skulle ge sig iväg på en längre expedition. Alla tester hittills hade indikerat att dräkten fungerade som den skulle. Goliat skulle förstås följa med. Den lilla roboten snurrade och blinkade av lycka. Den hade redan pejlat in en grupp valar, ett antal sälar och en stor valrosshane som höll till i grannskapet.

Det var vinter så isen låg några sjömil norrut, även om det var öppet vatten året runt numera där Evreka hade placerat sig. Den fleråriga packisen låg ännu längre norrut efter att den globala uppvärmningen smält en stor del av den. Evreka höll sig i ständig rörelse ovanför forskningsstationen och skulle stanna där om vädret tillät. Fartyget var byggt för att klara måttlig is i området, men snöoväder och isande kall vind gjorde ingenting för att försköna vintern. Det ständiga mörkret på dessa breddgrader under vinterhalvåret gav en lätt olustig känsla, så fartyget hade utrustats med solljuskammare dit besättningen gick för att få en liten dos solljus varje dag. Forskningsstationen hade sina egna solljuslampor och David fann att det var lite tröstande att sitta i ljuset och meditera ibland.

Havsbotten runt forskningsstationen var upplyst av stationens stora strålkastare som skulle guida dykarna i deras provtagning. Det hände inte så ofta att dykarna rörde sig långt från stationen, men de hade små jetdrivna undervattensskotrar till hjälp de gånger de gjorde det. David hade sina egna jetmotorer, monterade på hans vad. Dessutom hade han hjälp av Goliat ifall han behövde det. Strålkastarna var utplacerade på den närliggande kontintentalsockeln i en cirkel runt forskningsstationen. En "väg" ner mot Makarovbassängen var uppmärkt med signallampor, men lamporna nådde bara ner till ungefär 700 meter. Dykarna gick inte djupare än så. De ville inte ta risken innan Svenska flottan hunnit testa ordentligt, även om alla trodde att de skulle klara lite till.

David skulle fortsätta märka upp en led som på säkert avstånd tog dem förbi den ryska exklusiva ekonomiska zonen på deras väg till djuphavet. Goliat och han skulle samtidigt kartlägga havsbotten. De tidigare kartläggningar som gjorts från ytfartyg kunde vara ofullständiga eller direkt felaktiga. Det bestämdes att David skulle använda dagarna fram till nyår med att märka upp leden mot Makarovbassängen och samtidigt testa sitt tält och övrig campingutrustning. Sedan skulle han rapportera vad han funnit, fira nyår och göra sig redo för en tre veckors upptäcktsfärd. David simmade snabbare än de flesta, men även utan jobbet att placera ut lampor så skulle det ta ungefär 20 dagar att simma till och från Nordpolen. Avståndet dit var över 800 sjömil. Med hjälp av jetmotorerna skulle han teoretiskt kunna ta sig dit bara på ett par dagar, men han ville inte ha så bråttom. Han ville ta tid på sig och utforska sin värld. Tre veckor var lagom lång tid, trodde han.

David hoppades innerligt att allt skulle fungera ordentligt. Tänk, tre veckor på upptäcktsfärd! Tre hela veckor! Han hoppades kunna testa dräkten ordentligt redan under sin testfärd, men visste att de stora djupen måste vänta till den verkliga upptäcktsfärden senare. Han skulle inte hinna så långt innan dess. Arbetet med att placera ut signallamporna skulle ta för mycket tid. Han hade fått förhållningsorder att följa Mendelejevryggen norrut tills han kom tillräckligt långt ut till havs för att vara på säkert avstånd från den ryska ekonomiska zonen. Det bestämdes att han skulle avsluta sin testfärd när leden var uppmärkt, vilket borde ta några dagar. När han sedan gav sig iväg på sin upptäcktsfärd skulle han kunna använda jetmotorerna och därigenom röra sig mycket snabbare. Jetmotorerna hade också uppgraderats med den nya dräkten, så nu skulle han i teorin kunna göra 50 knop. Det skulle göra en avsevärd skillnad. Han skulle då söka sig mot Lomonosovryggen utefter Makarovbassängens botten och samtidigt testa dräktens tålighet på 4 000 meters djup. Tanken var att han skulle korsa

Lomonosovryggen och nå geografiska Nordpolen som uppskattades ligga på ett djup av 4 079 meter innan han kom tillbaka. Nordpolen låg under den del av Norra ishavet som fortfarande var istäckt, så skulle någon av teamets medlemmar nå den äkta Nordpolen så var det han.

David hade noga studerat de få kartor som fanns av havsbotten. Det var först de senaste åren som packisen dragit sig undan och gjort det möjligt för ytfartyg att skanna havsbotten ordentligt. De nya skanningarna hade dock inte upptäckt något omvälvande. De stora havsdjupen och djuphavsryggarna låg ungefär där man tänkt sig tidigare. Lomonosovryggen var den viktigaste i nuläget. Den omtvistade djuphavsryggen måste kartläggas och prover måste tas, och detta var Davids ena uppgift. Hans andra uppgift var att testa dykdräkten.

David hade fått direkta instruktioner att under inga omständigheter söka sig mot andra sidan av Makarovbassängen eftersom där fanns en vulkanisk bergsrygg. Vulkaniska bergsryggar kunde röra på sig en del och orsaka undervattensjordskred som David inte borde komma i vägen för. Där kunde också finnas undervattensgejsrar, små fontäner av hett vatten som i teorin kunde bränna en normal människa. Även om Davids dräkt skyddade hans kropp så måste han undvika dem för att inte skada sina gälar.

Förbi Lomonosovryggen och Amundsenbassängen fanns en annan vulkanisk bergsrygg som David också borde undvika, men den var långt borta. David trodde inte att han kunde förirra sig dit ens av misstag.

Men skam den som ger sig, tänkte han i ett anfall av galghumor, någon måste väl vara först med det också.

KAPITEL 3 – Testet

David vaknade förväntansfull. Det var Dagen med stort D. Han skulle få uppleva världshavet! Det skulle bli en helt ny upplevelse att röra sig i ett världshav, både gällande omgivningen i allmänhet och ifråga om djupet. David visste att djupet inte kunde skada honom. Det var plötsliga tryckförändringar som han måste se upp med. Han hade inga lungor och därför inget syre i sin kropp. Det var syret som ställde till det för vanliga dykare, både det faktum att de andades syre och det att större håligheter i deras kroppar var fyllda med syre. David hade inte det problemet, hans kropp kunde klara trycket. Han andades som fiskarna gjorde, med gälar, och kunde dricka vattnet. Hans högeffektiva gälar hjälpte honom att filtrera bort saltet. Hans konsol hade också instrument som kände av syrehalten i vattnet och varnade honom om halten blev för låg. David kunde dock klara en lägre syrehalt än normala fiskar, eftersom hans gälar var mycket mer effektiva. Kanske en kompensation för att han inte fick normala lungor? David visste inte, men han var nöjd. Det skulle ha blivit för jobbigt om han dessutom måste se upp med var han befann sig. Han visste att det fanns områden som hade så pass mycket lägre syrehalt att livet där hade varit tvunget att anpassa sig, men forskarna trodde inte att sådana områden skulle finnas i det arktiska området. Där fanns för mycket strömmar, smältvatten och rörelse över huvud taget för att sådana områden skulle uppstå. David visste att konsolen skulle varna honom om de ändå träffade på ett sådant område på vägen.

Det fanns inga landområden i det arktiska området. Det var hav, med eller utan istäcke och omgett av landmassor, i motsats till Antarktis som faktiskt hade land under sin is. Magnetiska Nordpolen flyttade sig hela tiden och befann sig numera på den ryska sidan av Norra ishavet och tycktes rikta in sig på Nysibiriska öarna. Goliat hade pratat hänfört om magnetfält och magnetiska poler i en längre utsvävning en dag när de diskuterat kompasser som biprodukt till en positionsangivelse i grader. Skuttet var väl ganska långt, tänkte David, men han fann ämnet intressant så han hade lyssnat minst lika hänfört. Alla instrument som de och teamet använde hade automatisk korrigering för magnetiska Nordpolen så David behövde inte bekymra sig, men det var i alla fall bra-att-veta-information, trodde han.

De gav sig iväg efter frukost, David med ryggsäcken på ryggen och Goliat med en stor säck i liknande material. Säcken innehöll de signallampor som de skulle använda för att märka upp leden samt diverse mätinstrument som de skulle fästa på vägen. Goliat hade guppat runt och blinkat och pipit under hela frukosten, och alla hade skrattat åt den entusiasm som den lilla roboten uppvisade. Goliat var mycket mänsklig. David fann sig allt oftare undra hur pappan burit sig åt för att åstadkomma det. Han måste komma ihåg att fråga honom någon dag.

Platsen som forskningsstationen låg på var relativt plan, en ungefär 100 meter bred slätt som hade en omkring 20 meter hög klippvägg bakom sig. Den väggen ledde upp till kontinentalsockeln under Östsibiriska havet. På övriga sidor sluttade havsbotten nästan brant ner för att plana ut i en relativt jämn sluttning, en så kallad kontinentalbrant, som ledde ner till djuphavet. Den första uppgiften de hade haft i början var att hitta en någorlunda jämn väg att följa. Tanken var att de skulle kunna konstruera en släde eller något liknande för att föra mätutrustning ner till Makarovbassängen. Då skulle dykarna kunna klara delen ner till 700 meter och David och Goliat den följande delen. Den första etappen, ner till 700 meter, var redan uppmärkt. Kontinentalbranten i det området var ganska svagt sluttande, så David skulle ha gott om tid att vänja sig vid trycket.

De använde sina jetmotorer och kom snabbt fram till markeringen vid 700 meter. De stannade till ett ögonblick. David hade ju varit ner på 713 meter i undervattensgrottsystemet i Birkestad, men det var något helt annat i öppet vatten, konstaterade han. Trycket var detsamma, men mentalt var det en helt annan upplevelse. I grottsystemet hade han en utstakad väg, han hade strålkastare till hjälp, ljuset speglades mot grottväggarna och han hade en känsla av upp och ner. Här, mitt ute i ett världshav, hade han mycket lite att förlita sig på. Nu gick det lite bättre när de följde en utstakad väg på botten, men han kom ihåg känslan han hade haft i den stora grottan i undervattensgrottsystemet. Där hade han inte sett någon fast punkt omkring sig. Han tittade på sin konsol som hade en 3D-bild på havsbotten samt två blippar där han och Goliat befann sig. Han visste att skannern gick på högvarv, både den som skannade havsbotten och rörelsedetektorn.

– Ser du något? frågade han Goliat.

– Mina kompisar valarna finns några hundra meter bort i den riktningen, myste Goliat.

Han vände sig om och blinkade bort mot Davids högra sida.

– Inget annat spännande att rapportera, tror jag. Havsbotten är tråkigt jämn. Den sluttar precis som den ska, inga överraskningar. Fiskarna håller till ovanför oss, i grundare vatten.

– Okej, så vi fortsätter i den här riktningen då? undrade David.

– Ja, mina sensorer indikerar att det är jämnt och fint här. Vi ska placera ut lamporna med några hundra meters mellanrum. De är av samma typ som de signallampor du använde i grottsystemet. De fäster på så gott som vilket underlag som helst och drar energi ur vattnet runt omkring, dess rörelser. Så de kommer att lysa här hur länge som helst.

– Tja, det får de gärna göra, log David. Det gör det enklare att hitta tillbaka, tror jag.

– Absolut, höll den lilla roboten glatt med, utan att med en endaste blinkning nämna att hans instrument skulle hitta tillbaka till stationen i kolmörker, under full jordbävning och genom ett megastim av sill.

De fortsatte i den riktning som de redan placerade lamporna föreslog och stannade med jämna mellanrum för att placera ut en ny lampa. De tog god tid på sig och David höll noga koll på uppgifterna på den konsol han hade på underarmen. Allt var grönt. Han såg djupmätarens siffror öka och helt plötsligt bli fyrsiffriga när de passerade 1 000 meters djup. En kilometer under havsytan, tänkte David. Han försökte föreställa sig en kilometer på land och sedan vända på bilden för att bättre förstå innebörden av en kilometers vattendjup, men han lyckades inte riktigt. Men det var djupt! Han kände trycket men besvärades inte av det. Konsolens mätinstrument indikerade att vattnet blev något kallare, men hans dräkt skyddade honom mot kylan.

– Hur går det, David? hördes Ruriks röst i öronsnäckan.

– Jo tack, det går bra. Vi har placerat ut lampor. Botten här är jämn och fin, den ska inte vara för besvärlig för en släde. Vi är på 1 000 meter nu.

– Oj, hur känns det att vara så djupt? undrade Rurik.

– Det känns helt bra. Dräkten fungerar som den ska, inga problem. Det är lite trögare att röra sig, men det var ju väntat så inga problem där heller.

Han tittade sig omkring och tände ytterligare några strålkastare för att se ordentligt.

– Vi ser ingen fisk här, det är för djupt, fortsatte han. Goliats sälar och valrosshanen dyker inte heller så här djupt. Det ser ut som på teve, antar jag. Vi ser snö, den där marina snön av dött organiskt material som sjunker till botten. Goliat registrerade några havsspindlar och märlkräftor tidigare, men de måste ha varit små, för jag såg dem aldrig. Vi har också mätt upp en högre nivå av metan här, så eventuellt kan vi få se bubbelrev. Metanhalten kan betyda att permafrostområdet som ni pratade om når ända hit. Eller så har den där isen ni pratade om smält.

– Metanklatraten? Is som innehåller metan? Ja, det kan hända att det är isen som spökar, för det ska finnas en massa sådan på havsbotten här. Metanklatraten hålls stabil av antingen högt tryck eller låg temperatur, men när havstemperaturen stiger så frigörs metan. Jag skulle tro att det är metanis som vi pratar om här. Permafrosten når kanske inte så djupt numera när temperaturerna har stigit överallt.

Rurik lät bedrövad. ISSS-2020-programmets undersökning 16 år tidigare hade visat en märkbar temperaturhöjning i området. Den globala uppvärmningen hade ställt till det ordentligt redan, och många problem uppstod i dess kölvatten. "Permafrost" var benämningen på landområden som var frusna mer än två år i rad. Tidigare hade det funnits stora sådana områden, men de hade nu börjat tina upp. I samband med det frigjordes flera växthusgaser, bland annat metangas, som tidigare varit bundna i permafrostområden. Detta gjorde hela situationen med den globala uppvärmningen ännu värre. "En ond cirkel" hade Roland sagt kvällen innan när teamet pratat om det. David hade lyssnat när teamet diskuterade global uppvärmning och vad som gjorts tidigare, innan Montreal-2032-fördraget, men de hade konstaterat att vidtagna åtgärder inte var tillräckliga. Parisavtalet 2016 hade satt upp nödvändiga mål för att hålla den globala uppvärmningen i schack, men redan år 2020 hade världen blivit tvungen att konstatera att målen inte nåtts. COP26, Förenta Nationernas klimatkonferens i Glasgow året efter, hade följaktligen satt upp ganska hårda mål för att få uppvärmningen att stanna av, men dessa mål hade konstaterats onåbara redan två år senare. Det hade gjorts ett flertal försök att styra tillbaka världen mot de målen, men alla försök hade misslyckats. En orsak var det tillflöde av växthusgas som den globala uppvärmningen förde med sig, vilket gjorde den mycket svår att bekämpa.

David hade lyssnat bedrövat och undrat vad världen kunde göra. Första utkastet till Montreal-2032-fördraget hade anklagats för att vara för hårt eftersom det satte för hårda begränsningar på industrin, men efter att Kina gjort en grym marknadsföring hade resten av världen börjat förstå nödvändigheten av hårda begränsningar. Oljebolag och tung industri hade fått finna sig i verkligheten och de hade tvingats tänka om. En del hade redan tidigare insett betydelsen av förnyelsebara energikällor och styrt om en del av sin verksamhet mot dem, medan andra varit fanatiska miljöförnekare in i det sista. Många satte sitt hopp till de nya undervattensreningsverk som höll på att byggas. Världshavens växtplankton var en mycket stor syreproducent och dess betydelse hade ökat då avverkningen av regnskog hade decimerat syreproducenterna på land. Miljöorganisationer som redan tidigare gjort allt de kunnat för att hindra avverkning hade fått nytt hopp och även bidrag för att plantera nytt, men ännu var det för tidigt att fira.

— Du, jag har nyheter, muttrade Rurik. Något i hans tonfall fick David att rycka till.

— Minns du Clara? Hon som blev fast i kranhytten som kapsejsade? Hon som är förman för nermonteringen av oljeplattformen som vi jobbade på? Hon ringde och berättade att den preliminära kontrollen av olyckan visade på möjligt sabotage.

— Sabotage! utbrast David. Hur?

— Norska haverikommissionens utredare har hittat spår av ett nytt sprängämne i kranens bärkonstruktion. Men de framhåller att det är preliminära undersökningar. Deras slutrapport kommer att kräva ytterligare undersökningar och dröja flera månader ännu.

– Alltså – nej, jag vet inte vad jag ska säga.

David kände det som om alla tankar samtidigt snurrade i hans huvud. Alla tankar ville bli hörda så det var ganska högljutt där inne.

– Inte vi heller. Vi får hoppas att det var ett misstag, kontaminerade prover eller något. Vi har diskuterat saken tillsammans med teamet på Evreka och de i Sverige. Tyvärr finns det en risk att sabotaget utfördes av samma person som är ute efter dig och Goliat. Det skulle i så fall ha använts för att locka dig till platsen och ge en möjlighet att kidnappa dig. Det är en mycket skrämmande teori, tycker vi. Jag menar, vi har redan konstaterat att en person som använder ett räddningsuppdrag för sina egna själviska syften är mycket gemen, men att dessutom ORSAKA själva olyckan för att vinna något, det är – jag menar, jag saknar ord. Det är så gement, så elakt, så – så grymt!

David hörde att Rurik var mycket upprörd. Han förstod så väl. Rurik hade ett hjärta av guld så stor han var, och tanken på att någon medvetet och för egen vinnings skull riskerade så många människors liv var svår att förstå.

– Vi ska naturligtvis vänta på de slutliga rapporterna, hördes farbror Johan, men fram till dess måste vi öka säkerheten kring David och Goliat. Om det faktiskt är sabotage så är David i mycket större fara än vi trott.

– Ja, svarade Rurik, det verkar tyvärr så. Clara lovade höra av sig direkt när hon vet något. Hon såg ju David under räddningsuppdraget så hon vet vem och vad han är. Hon är på vår sida!

– Bra, vi fortsätter som planerat tills vidare men håll noga utkik. David, jag vet att du inte gillar detta, men gå ingenstans utan Goliat. Lova mig det!

– Javisst, farbror Johan, det lovar jag.

David gillade det inte alls men han var en klipsk ung man. Han visste att den här händelseutvecklingen gjorde faran så mycket större och allvarligare. Nu var inte tid för tonårstrots!

– Bra, tack! Farbror Johan lät lättad.

– Jag har kontaktat Sverige. Din farbror Anders ska diskret undersöka det skotska företag som konstruerat det mesta av utrustningen som används vid nermonteringen. Det låter inte helt logiskt att de skulle sabotera sin egen utrustning, men sabotören måste ju känna till utrustningen för att framgångsrikt kunna sabotera den, och någonstans måste hen ha fått sina uppgifter ifrån.

– Okej, ni berättar väl sedan vad han hittar?

– Naturligtvis, svarade farbror Johan. Vi hoppas alla att det bara är ett misstag. Dessutom, med alla försiktighetsåtgärder som vi vidtog när vi förde David hit så vet ingen annan än vi att han är här. De tappade bort honom utanför Norges kust, och därifrån är det väldigt långt hit. Och ganska ologiskt att han skulle söka sig hit också. För säkerhets skull så har vi också kopplat om komstat och ditt kommunikationssystem. Nu ligger forskningsstationen, Evreka, Goliat och du själv David på en egen slinga. Dessutom har Goliat och David en egen slinga på sina upptäcktsfärder. Jag tror att vi är relativt säkra här, men var försiktiga i alla fall.

– Javisst, svarade både Rurik och David.

– Absolut, ekade Goliat.

KAPITEL 4 – Första natten

David och Goliat fortsatte placera ut sina lampor medan de fortsatte neråt i sakta mak. Kontinentalbranten var lite brantare precis vid gränsen till kontinentalsockeln samt vid gränsen ner till bassängen, men det skulle dröja många dagar ännu innan David och Goliat hann dit. Nu var det dags att stanna för kvällen och David var ivrig. Det var dags att testa tältet. Första dagen på testutfärden hade de tillryggalagt en sträcka på 35 sjömil från platsen där den uppmärkta leden hade slutat. Men David var inte orolig, nu skulle de testa utrustningen och om, även OM, något fel upptäcktes så skulle hans pappa kunna fixa det och David skulle få sin Nordpolen-utflykt senare.

Han tog fram tältpaketet ur sin ryggsäck och såg sig omkring. Strålkastarna avslöjade ett litet klippblock i närheten. David tittade på klippblocket.

– Vad tror du Goliat? Vi slår upp tältet bredvid klippblocket. Då har vi i alla fall skydd på en sida.

Den lilla roboten dansade runt ett tag för att få en överblick av läget.

– Utmärkt idé, David! konstaterade den.

David placerade det lilla paketet bredvid klippblocket och Goliat visslade till. Som tidigare vecklade tältet snällt ut sig. David kröp in i tältet. Han kontrollerade positionsangivelsen på tältets konsol. Den uppgav samma som hans egen konsol. Allt var lugnt. Han anropade forskningsstationen.

– Jag tänkte gå och lägga mig nu. Vi hittade ett

klippblock att ha tältet invid. Det ger lite skydd också, så vi borde vara trygga. De enda större rovdjur som dyker så här djupt är grönlandshajarna, och de håller till längre söderut nu då det är vinter.

– Uppfattat, svarade Charlotta. Här är allt lugnt, Evreka rapporterar också att allt är lugnt. En stackars isbjörn uppe på packisen men det är allt. Sälarna försvann när isbjörnen dök upp. Evreka har följt en flock späckhuggare, men de har också försvunnit. Antagligen följde de sälarna.

– Troligtvis. De dyker heller inte så här djupt, så vi är säkra, konstaterade David.

– Stämmer, instämde Charlotta. Om jag förstod rätt så ska tältet ha ett helt eget skannings- och alarmsystem. Det kommer att varna om något kommer i närheten. Du kan sova lugnt. Men hojta till i morgon bitti när du vaknar så vi vet att allt gått bra, okej?

– Javisst, det ska jag göra, log David.

Det kändes gott att veta att vännerna fanns där.

Natten var lugn. David vaknade och fann att tältet befann sig på exakt den position där det befunnit sig när han gått och lagt sig kvällen innan. Goliat snurrade och blinkade av förtjusning när David öppnade tältdörren och kikade ut.

– Vi hade påhälsning i natt, utbrast den lilla roboten förtjust. En grönlandshaj! Den simmade här förbi, men brydde sig inte om oss. Den var ganska stor, nästan på pricken sex meter lång. Visste du att den äldsta grönlandshaj som påträffats antas vara över 500 år gammal?

David var förvånad, inte över åldern utan över att hajen varit där.

– Ska de inte leva längre söderut och närmare ytan vintertid? undrade han.

– Jo, det stämmer. Troligtvis tog den bara en avstickare och kollade läget. Vilket var bra, så fick jag studera den lite, myste Goliat.

– Studera?

– Ja, jag tog en massa foton och några diskreta hudprover och sådant, medgav Goliat lite svävande.

Nu tittade David förvånat på Goliat.

– Hur lyckades du ta hudprover?

– Tja, det kan jag inte berätta så här. Det är hemligstämplat, svarade Goliat.

– Är du ironisk nu igen?

– Nejdå, inte alls!

Goliat lyste upp när han kom ihåg hur David lärt honom vad ironi var.

– Men din pappa sa att vissa saker är för svåra att beskriva så det är enklare att bara säga att det är hemligstämplat.

– Har min pappa lärt dig att ljuga?

– Nej, inte ljuga. Mina instrument och funktioner är mycket avancerade och tekniskt nydanande, och antalet människor som har kunskapen som behövs för att till fullo förstå mina förklaringar är ganska liten. Du har inte heller hunnit lära dig allt som du behöver veta för att förstå. Den dagen du har gjort det så ska jag med nöje förklara samt demonstrera, men du har en del kvar att lära dig. Tills vidare är det enklast att undvika en sådan förklaring eftersom den inte ens med de bästa intentioner kan tas emot som den borde. Jag vill heller inte använda nedlåtande uttryck som "du kommer att förstå när du blir äldre" eller "du är för ung för att förstå", vilket skulle indikera att det är något fel med din ålder.

David skrattade till. Han kunde inte säga emot, den lilla roboten hade rätt. Han var ändå bara fjorton år gammal och hade inte ens gått ut grundskolan. Han hade hjälpt sin pappa och farbror Anders ganska mycket så han visste en hel del mer än hans jämnåriga kamrater gjorde, men det fanns gränser.

– Det är lugnt, men så fort jag har lärt mig så ska du och jag sitta ner och prata, inte sant?

– Naturligtvis, myste Goliat. Det kommer att bli så trevligt!

David gav Goliat en liten sidoblick. Han undrade i sitt innersta om roboten var ironisk NU, men kunde inte urskilja något som tydde på ironi i det lilla robotansiktet som påminde så mycket om E.T. Istället visslade han för att få tältet att veckla ihop sig och plockade fram sin frukost. Han tittade lite på den vakuumförpackade macka han fått med sig från forskningsstationen och undrade vad som skulle hända med den på det här djupet, hur vattentrycket skulle påverka den. Han öppnade försiktigt ett hörn och konstaterade att mackan var ett minne blott, inträngd i bortre hörnet, förminskad till en smula. Jaha, det var det, konstaterade han och ryckte på axlarna. Han hade ju fått instruktioner om att äta den under mera normalt tryck. Man lär så länge man lever, konstaterade han och anropade forskningsstationen.

– Godmorgon, stationen, är ni där?

– Godmorgon, David, hördes Helgas röst. Vi är här, vi har ätit frukost och Charlotta och Henrik ska precis ge sig iväg för dagens provtagningar. Hur har du det?

– Bra, natten var lugn. Tältet fungerade bra och nu är jag vaken och ska precis äta frukost, lite av den utsökta tubmaten. Goliat träffade en grönlandshaj i natt och tog lite prover.

– Utmärkt, hördes plötsligt farbror Johan i öronsnäckan. Goliat kan lämna av sina prover direkt till Evreka när du är tillbaka på forskningsstationen.

– Visst. Vi kan placera ut lampor halva dagen. Då borde vi ha god marginal till Ryska exklusiva ekonomiska zonen och då kan vi ta riktning på Nordpolen. När vi väl placerat ut tillräckligt med lampor för att indikera riktningen så kan vi väl simma iväg och kolla packisen? Jag har sett bilder, det ska se alldeles underbart ut sägs det.

– Javisst, så kan vi göra. Då kommer ni lagom nära Evreka på vägen tillbaka, trodde farbror Johan. Ni kan ju ta lite prover av packisen också medan ni är där, inte sant?

– Naturligtvis, det ska vi göra, lovade David.

– Men bli inte för besviken om isen inte är så vacker som du tror. Det är vinter och kolmörkt. Jag tror att du kanske tänker på bilder av is som är upplyst av solen?

David fick lite snopet medge att det var sådan is som han tänkte på. Nåja, de kunde ju alltid komma tillbaka senare. Med ett möjligt sabotage i bakfickan så var det inte troligt att han skulle komma härifrån innan sommaren, tänkte han.

Nöjd med utsikterna att få se is fortsatte David med jobbet att placera ut signallamporna. Goliats mätinstrument signalerade snart att det var dags att byta riktning. David och Goliat tog var för sig ut den nya riktningen, jämförde sina riktningar sinsemellan och konstaterade att de hade kommit till samma resultat. David märkte upp den nya riktningen med en signallampa 3 meter från den tidigare och fortsatte sedan simmande i den nya riktningen. 15 lampor senare tyckte David att det fick räcka. Med 200 meter mellan lamporna var det ändå en sträcka på 3 000 meter. David anropade Evreka.

– Ser ni min position?

– Ja, du syns bra. Leden syns också och precis som du trodde ska antalet lampor vara tillräckligt för att indikera den nya riktningen. Vi har även kontrollmätt. Leden är klart utanför Ryska exklusiva ekonomiska zonen, så vi ska inte få några problem på det området, svarade farbror Johan.

– Fint! Då fortsätter jag enligt plan mot packisen! Vi ses snart vid Evreka!

David packade snabbt ner de verktyg han använt för signallamporna och tittade på Goliat.

– Nu blir det simma av! Jag använder mina jetmotorer nu, myste han. Riktning mot packisen?

Goliat snurrade runt, stannade och pekade ut riktningen med hjälp av en av sina lasrar.

– Ditåt, meddelade han.

– Är du redo?

– Javisst, David.

– Då så. Full fart framåt! Uppåt, menar jag.

KAPITEL 5 – Gömt i isen

David och Goliat tog det försiktigt när de nådde packisen. När de hade nått upp till ungefär 30 meter under havsytan saktade de ner och tände flera strålkastare. De ville inte smälla rakt in i någon nerstickande istapp. Isen var inte helt jämn. Den var bitvis ojämn efter ha brutits och lappats ihop otaliga gånger. Goliat lyste upp undersidan av packisen och David var tvungen att dra efter andan. Isen var vacker! Farbror Johan hade haft rätt. Det var inte den vackra, upplysta sorten som David hade sett på teve, utan en mörk, spegelblank, reflekterande yta. Den påminde om bilder han sett från is som långfärdsskridskoåkarna gillade, men skillnaden var att han såg den från undersidan. Där strålkastarnas sken träffade isen direkt såg den lite grönaktig ut, men när David riktade sina strålkastare mera längs med isen så var den svart och hemlighetsfull.

– Farbror Johan, vi är framme vid packisen. Får ni in bilder från mina kameror?

– Jadå, det får vi. Vi sitter och suckar hänfört här allesammans. Den här synen kommer väldigt få av oss någonsin att få se. Det är ganska farligt för en normal ubåt att först och främst bege sig in under packisen och dessutom befinna sig så nära den. Du vet, vi stackare som måste andas luft, vi kan inte riskera att fastna eller något.

”Vi stackare”. David visste ju att farbrodern skämtade, men det fick honom ändå att känna sig duktig.

Det fanns ett område där han var bäst. Det var en skön känsla för en fjortonåring i landsflykt.

– Vi sitter också och suckar hänfördare, om det finns något sådant ord, hördes Stefans röst från forskningsstationen.

– Vilken utsikt alltså!

David kom ihåg att han sett ett klipp på sociala medier, en dykare som befunnit sig upp och ner under isen och skyfflat upp luft först i en hink, för att sedan hälla ner den i en skottkärra. Det hade sett mycket häftigt ut, mindes han. Han flyttade sig mot undersidan av packisen, vände på sig så han hade fötterna mot isen och huvudet neråt och låtsades gå på isen.

– Kolla det här då, utbrast David. Hur ser det här ut?

– Oj, häftigt!

– Grymt!

– Underbart!

David gick omkring på undersidan av isen ett tag. Det var lite besvärligt med de simfenor som han hade på fötterna istället för de normala som hörde till dräkten. Långfärdsfenorna, som han kallade dem, var speciellt konstruerade för att användas i djupare vatten. De normala fenorna skulle vara för mjuka och korta i trycket.

– Du David, det är mycket underbart och vi har fått fina bilder, men kan du ta lite prover också? undrade farbror Johan lite försynt. För oss vanliga stackare, menar jag.

David fnissade till, såg sig omkring för att lokalisera Goliat och hajade till. Vad var det där? Vad var det han såg?

– Vänta lite, farbror Johan, jag ser något här...

Goliat kom farande och riktade in sig på samma sak som David reagerat på.

– Vad är det? Vi ser något på kamerorna, men vi kan inte urskilja vad det är.

– Jag vet inte, jag måste komma närmare.

– Okej, ta det försiktigt!

Goliat tog täten mot en nerstickande istapp ett tiotal meter bort. Ena sidan av istappen såg ihålig ut och något var definitivt på väg ut i vattnet därifrån.

– Stanna här, David. Jag undersöker, bestämde Goliat.

Innan David hann svara ökade roboten farten mot fenomenet. David stannade till. Goliat hade låtit mycket bestämd.

– Hmm, hörde han den lilla roboten fundera högt, den här brottytan i isen är mycket färsk. Det är troligt att det här området av isen brutits loss nyligen. Det gör att vad det än är som varit fångat i isen nu kan komma loss. Det varmare vattnet har smält det lilla stycke is som hållit det inspärrat.

– Okej, Goliat, kan du ta ett borrprov av isen? Då kan vi testa den och se vilket vatten det är. Isen lever. Den här biten kan ha snurrat på hur länge som helst här, men vi kan kanske platsbestämma den ändå.

– Javisst, det ska jag göra, svarade Goliat och vecklade ut en lång arm. På några minuter hade han borrat loss en 20 centimeters kärna av isen och lagrade den i sitt inre någonstans. David tittade bara häpet på och undrade vilka ytterligare överraskningar roboten dolde. Han måste absolut ta ett ordentligt snack med sin pappa om Goliat.

– Jag har tagit ett prov av isen. Nu tar jag ett prov av det som strömmar ut, upplyste Goliat.

– Har du någon uppfattning om vad det är? undrade farbror Johan.

– Min preliminära bedömning gör gällande att det handlar om fiskägg, svarade Goliat. Frusna, men klart befruktade.

Fiskägg? Frusna fiskägg? Vilken fisk då?

– Ja, hrm, vilken fisk då? undrade David högt.

– Vitlax, svarade Goliat. Vilket är mycket konstigt då den är en sötvattenfisk som dessutom är utdöd numera.

– Vitlax? Farbror Johan lät mycket chockad.

– Ta med prover och kom genast hit! Jag menar genast!

– J – javisst, farbror, svarade David lite tvekande. Han undrade vad som fick farbrodern så upprymd. Han såg på när Goliat samlade ihop en klump fiskägg och hittade lagringsutrymme någonstans i sitt inre.

– Jag är klar, David. Ska vi åka?

– Det gör vi. Jag föreslår att vi dyker för att inte stöta på fler istappar. Vad anser du vara säkert djup?

– Jag skulle tro att det räcker med 5 meter. Packisen är inte så tjock längre, mycket har smält bort. Den här isen är heller inte särskilt gammal. Den riktigt mångåriga isen ligger längre in. Men 30 meter är ordentligt säkert, med råge alltså. Vi behöver ju inte ta hänsyn till tryck, syre och annat så vi har råd att vara på den säkra sidan.

– 30 meter blir det alltså. Vi dyker och sätter fart mot Evreka. Hörde du, farbror?

– Ja, jag hörde. Vi ska vara klara att ta emot er, lovade farbror Johan.

– Fint!

Simturen till Evreka gick snabbt. Väl framme såg David att farbror Johan åter hade sänkt ner korgen som lyfte både honom och Goliat upp i fartyget, och han satt snart på sin invanda plats i poolen.

– Vad är så upphetsande med en utdöd fisk? undrade David när farbror Johan sluligen utfört sina uppgifter och kom fram till David.

– Jo, vitlaxen levde i fiskodlingar ännu för tio år sedan, även om den var utdöd i det vilda. Den hann tyvärr dö ut innan man insåg vilken viktig fisk det var. Vitlaxen ansågs kunna utgöra nyckeln till åldrande.

– Va? Vad menar du?

– Precis vad det låter som, log farbror Johan. Som du vet så rör sig laxen uppströms i vattendrag för att leka.

– Ja, det vet jag, jag har sett bilder. Mestadels på björnar som jagar lax, men jag fattar ju poängen, svarade David.

– Precis! Laxen simmar aldrig tillbaka nerströms, utan dör när den har lekt. Vissa laxarter alltså, inte alla. För många år sedan skrev den amerikanske författaren Robin Cook en medicinsk thriller som involverade just laxen och dess "förmåga" till ögonblickligt åldrande. För bara tio år sedan visade det sig att författaren hade rätt. Forskarna hittade en tydlig mekanism som sätter igång åldrandet i vitlaxen. Boken kallade mekanismen för "dödshormonet". En forskare vid namn Denckla kom med hypotesen om dess existens redan på 1970-talet. Tyvärr hann vitlaxen dö ut innan man insett dess fulla betydelse. Även om forskarna har letat så har de inte hittat samma tydliga mekanism i övriga laxfiskar. Nu har vi chansen att ta reda på mer. Jag har kontaktat din farbror Rickard. Han befinner sig på sitt eget forskningsfartyg Athena på andra sidan havet, men på vår sida av jordklotet.

Det här är hans specialområde, han är molekylärbiolog, log farbror Johan.

– Vad gör en molekylärbiolog?

– De studerar de minsta beståndsdelarna av de levande organismerna och hur biologin fungerar på den nivån, hur olika molekyler och system i cellerna uppför sig i förhållande till varandra. Rickard leder ett team som just nu befinner sig norr om Kanada och katalogiserar flora och fauna på molekylnivå.

– Så ni jobbar med samma sak men på olika sätt?

– Javisst, så kan man se det, log farbror Johan.

– Okej, men tillbaka till dödshormonet. Du menar alltså att med hjälp av den här fisken så ska forskarna kunna lösa gåtan med åldrandet?

– Precis! Du är skärpt. Det gör också att forskarna teoretiskt skulle kunna fördröja åldrandet samt hitta mediciner mot besvär som kommer med åldrandet. Det skulle också revolutionera hela skönhetsindustrin, så det ligger mycket pengar i det.

David satt tyst en stund och försökte förstå vad han nyss hört. Det lät mycket overkligt alltsammans.

– Men du sa att fisken är utdöd.

– Stämmer.

– Den har funnits i fiskodlingar men har varit utdöd i det vilda.

– Det stämmer också.

– Men laxen är en sötvattenfisk, inte sant? Vad i hela friden gör den i Norra ishavet?

– Tja, därför bad jag Goliat ta prover också av isen, men vi vet ju att isen rör sig. Så det där blocket med infrusna fiskägg kan ha kommit var som helst ifrån. Det kan ha snurrat runt i åratal för att sedan frysa fast i packisen här. Den senaste istiden i det här området varade fram till för 11 700 år sedan. Vem vet hur länge de där fiskäggen varit i farten?

– Men det är fiskägg, inte fullvuxna fiskar. Hur ska ni kunna forska på fiskägg?

– Det är en bra fråga och det är därför som din farbror Rickard måste involveras. Hans fartyg har utrustning för att kunna värma upp äggen och kläcka dem till levande fiskyngel. Vi måste hålla dem frusna tills han hinner hit. Du vet, processen med att frysa ägg från människor är rätt vanlig numera. Den används inom fertilitetsvården överallt i världen. Evreka saknar bara rätt utrustning.

– Okej, jag tror jag hänger med. När kan farbror Rickard vara här?

– Jag väntar på information, han sa de var tvungna att stanna till och proviantera också. Men du kan återvända till forskningsstationen om du vill, du har gjort ett jättejobb. Igen. Hur funkade dräkten och campingutrustningen?

David kunde inte hjälpa det, hans ansikte klövs i ett stort flin.

– Utmärkt! Så jag tror det är dags att börja planera den där utfärden nu.

– Visst, log farbror Johan, du har rätt. Det är dags. Jag önskar att jag kunde följa med, men vår ubåt klarar inte det djupet. Och förresten så skulle jag väl bara vara i vägen. Jag menar, du och Goliat har ju andra möjligheter. Ni ska inte behöva dras med oss andra stackare överallt.

Farbror Johan blinkade retsamt när han sa det sista. David log, hävde sig upp ur poolen och försvann över relingen ner i vattnet.

KAPITEL 6 – Vitlaxen

En vecka senare anlände farbror Rickard och hans team ombord på fartyget Athena. Hon hade gått för full maskin för att hinna fram. Athena var större än Evreka och dessutom isbrytarklassad. Hon hade också en mycket större helikopterplatta. Men Athena saknade pool, så farbror Rickard kom över till Evreka för att kunna prata med David.

– Hej du, unge man, du har gjort en viktig upptäckt. Igen! log farbror Rickard.

– Tja, jag har väl haft lite tur också, muttrade David lite besvärad.

– Javisst, det hör till. En del gott huvud, en del gott hjärta och en del tur.

David tittade lite besvärat bort, men han var glad över det han hörde.

– Jag har flyttat över proverna till Athena, men vi kommer att stanna här ett tag. Så behöver inte lillebror här vara rädd för isen heller, flinade farbror Rickard med en sidoblick på sin bror.

– Rädd! utbrast farbror Johan.

– Ser du vad jag menar? frågade farbror Rickard med en blinkning åt David.

David skrattade till, han kunde inte hjälpa det. Farbror Rickard var äldst, sedan farbror Anders, sedan hans pappa, och farbror Johan var yngst.

– Ska ni låta fisken växa? undrade David lite försynt.

– Ja, det ska vi, lillebror hade helt rätt där. Vi har möjlighet att odla fram fullvuxna fiskar från frusna fiskägg.

Det är den goda nyheten. Den dåliga är att det tar flera år innan den är fullvuxen och könsmogen. En av mina kollegor föreslog att vi skulle skicka en del av proverna vidare. Landbaserade laboratorier har ytterligare utrustning som kan hjälpa dem att hitta dödshormonet även i fiskyngel.

– Okej, så de kan hitta dödshormonet. Vad händer sedan?

– Vi kan hitta mediciner, sätt att fördröja åldrandet, låta människor vara fullt fungerande människor in i det sista. Vissa dödliga sjukdomar kan kanske elimineras om vi bara hittar dödshormonet. Det finns de som argumenterar att åldrandet i sig själv är en sjukdom som borde kunna botas, men där går åsikterna isär. Klart är att det finns sjukdomar som orsakar för tidigt åldrande, progeri, och dessa kan vi eventuellt hitta ett botemedel mot.

– Och glöm inte skönhetsindustrin, muttrade farbror Johan.

– För att inte glömma skönhetsindustrin, fortsatte farbror Rickard som om han inget hört, men med en liten blinkning mot David.

– Där har vi kanske inte så stora medicinska genombrott att tala om, men där finns istället stora pengar. Det var någon fiffig person för länge sedan som undrade vad som skulle hända med skönhetsindustrin om alla kvinnor en morgon vaknade upp och var nöjda med sig själva och sitt utseende. Jag föredrar att inte veta, då det skulle vara en ekonomisk katastrof i världsklass. Kan du tänka dig konkurserna och arbetslösheten som skulle följa? Världsekonomin skulle trasas sönder. Jag tror inte världen skulle återhämta sig alls från den smällen. För att inte tala om alla känslolösa män som klagar på sina fruars eller flickvänners utseende! De skulle slutligen få det ordentliga kok stryk som de förtjänar.

– Det skulle jag gärna se, funderade farbror Johan.

– Jag också, inflikade Diana, farbror Johans fru.

Farbror Rickard log.

– Jo, det skulle jag också gärna se. Tills vidare får vi drömma.

David sa ingenting men höll med i sitt stilla sinne.

Några dagar senare var David så gott som klar med förberedelserna för sin treveckorsutfärd. Goliat var också mycket upprymd. Han snurrade och blinkade och pladdrade om utflykten med vem som helst som gick med på att prata med honom. David undrade på nytt hur pappa Marcus burit sig åt. Roboten var precis som en liten pojke. Kvällen innan han skulle ge sig iväg fick han ett samtal via kommunikationscentralen. Det var hans föräldrar. Teamet på forskningsstationen hade kopplat in deras kamera på teven. Det var första gången på flera veckor som David sett sina föräldrar.

– Vi ville höra hur du har det och önska ett gott nytt år samtidigt, förklarade mamma Lilian. Vi önskar du vore här!

David kände en klump i halsen och fick kämpa för att inte börja gråta. Han var ändå bara fjorton år och hade levt i landsflykt i över två månader redan.

– Ja, mamma, det önskar jag också. Men det går inte nu.

– Nej, jag vet, suckade mamma Lilian. Stefan har skickat vackra bilder till sin familj, Gregor och Lisa kom över igår och visade oss. Alla hälsar så my – vänta lite – nej, vänta – MAX!

En våt hundnos dök upp på teven. Max! Sniff, snörvel, sedan ett kort skall. Kameran zoomade ut och David såg Max i hela hans prakt. Nu kunde han inte hejda tårarna längre.

– Max! snyftade han.

På teven såg han hur Max satte huvudet på sned på typiskt hundmanér. Max undrade varför han kunde se och höra David, men inte lukta eller röra.

– Hur mår du, Max? Har du det bra hos Mommo?

Max lutade huvudet åt andra sidan och gav sedan till ett kort skall. Så slickade han sig om munnen och skällde en gång till.

– Jaha, Mommo skämmer bort dig med mycket god mat, var det så du sa?

Max skällde igen och log sedan, ett brett Max-leende med tungan hängande ut. David kunde inte annat än skratta. Kära Max! Oj, vad han önskade att han var hemma i Birkestad! Men det gick inte.

– Hur funkar dräkten? undrade pappa Marcus.

– Utmärkt! Campingutrustningen likaså, tack så mycket! Ni hörde väl att jag ska ut och campa i tre veckor?

– Ja, det hörde vi. Du kan väl ta lite bilder åt oss? Vi stackare som inte har samma möjligheter som du har.

David skrattade till igen.

– Javisst, det ska jag göra.

De småpratade en stund till om vardagen i Birkestad innan de lade på. När samtalet avslutats kände sig David konstigt tom. Han tittade upp och mötte Helgas ögon. Hon log, ett vänligt leende som sa honom att hon visste precis hur han kände det. David log tillbaka och kände sig med ens mycket bättre till mods.

Resten av nyårsafton år 2036 förflöt lugnt och det nya året 2037 kunde ringas in utan problem. David kunde inte helt koncentrera sig på den klassiska "Grevinnan och betjänten". Hans tankar snurrade. Känslorna växlade, från saknad när han tänkte på alla hemma i Birkestad till nyfikenhet när han tänkte på sin upptäcktsfärd som skulle ta sin början nästa dag. Hans humör växlade från att vara ledsen när han tänkte på alla som dött i povid-36 under året, till att känna tacksamhet då han kom att tänka på dem som han kunnat hjälpa och rädda i grottsystemet. Året som gått hade inneburit så mycket för David, på gott och ont. Han undrade hur 2037 skulle bli. Med tankarna åter på den kommande upptäcktsfärden gick han och lade sig.

David fann att han ändå kände sig lite vemodig när han packade för sin campingfärd. Han skulle vara helt ensam i tre hela veckor! Han hade aldrig tidigare varit ensam så länge. När han bott i fisktankarna hade det varit omöjligt, så han hade vant sig vid att alltid ha någon där bakom glaset. Flytten till Birkestad och insjön Birkevattn hade gett honom friheten att vara ensam ibland. Han hade tillbringat en hel del tid i undervattensgrottsystemet, men det var inte riktigt samma sak. Han var en del av ett team då och bodde dessutom hemma. Nu skulle han vara ensam. Med Goliat förstås, men Goliat var en maskin. En mycket mänsklig sådan, men ändå en maskin. Han kunde ju prata med sina vänner, men han skulle vara ensam tills han återvände.

Rurik och Stefan väntade på honom när han kom ut från sin del av stationen med ryggsäcken på ryggen.

– Vi måste ju se till att du kommer iväg ordentligt, brummade Rurik.

– Det skulle ju vara lite beklämmande om du skulle tappa bort dig inom synhåll för stationen, lade Stefan till med ett flin.

David fann att han flinade tillbaka.

– Visst, försök häng med då så drar vi iväg!

– Ha, vi kommer att vinna, vi fuskar nämligen!

David fann att de faktiskt fuskade. De använde sina jetdrivna undervattensskotrar och tog snabbt ledningen längs den uppmärkta leden. Godmodigt irriterad på sig själv för att han fallit för tricket följde David efter. Vid 700-metersmärket stannade Rurik och Stefan och vände sig till David.

– Lycka till nu, pojke, och ta det försiktigt! Det är svårt för oss att rädda dig från 4 000 meters djup, hur gärna vi än vill, så försök låta bli att hamna i trubbel. Okej?

Rurik satte sin hand på Davids axel. Stefan gjorde likadant. David svalde.

– Jadå, jag ska vara försiktig. Jag har ju Goliat, han fixar det mesta.

– Ja, det vet vi. Men ta det ändå försiktigt! bad Rurik.

– Det ska jag, lovade David.

Rurik nickade och släppte hans axel. David rättade till sin ryggsäck, sneglade på Goliat som tagit sin vanliga position vid hans axel och satte fart längs den upplysta leden, mot Makarovbassängen.

KAPITEL 7 – Färden till Nordpolen

David och Goliat passerade 1 000 meters djup och fortsatte förbi den sten där de senast övernattat. De passerade de sista av de lampor som tidigare placerats ut. David kände upphetsningen stiga när de fortsatte framåt och neråt, ner i djupet. Sluttningen var svag och gav David gott om tid att vänja sig vid trycket. De tog sig fram i maklig takt utmed havsbotten, utan att färdas alltför nära den. Bottenslammet rördes inte upp. David kontrollerade uppgifterna på sin konsol med jämna mellanrum. Grönt hela vägen. Han kände sig bra. Lite fjärilar i magen, men det var normalt, trodde han. Han ägnade en hel del tid åt att försöka föreställa sig storleken på det hav som låg framför honom, men han var tvungen att ge upp. Hans hjärna klarade inte av den bilden. Havet var för stort och djupt. Undrar vad som finns i djupet, tänkte han. Människan hade bara börjat sin utforskning av havsdjupen. Det fanns hur mycket som helst som inte blivit upptäckt än. Filmen "Hajen" dök upp igen i hans huvud. Tankarna fortsatte till diskussionen om megalodon, jättehajen som ansågs vara utdöd men som vissa bestämt hävdade fortfarande levde någonstans i världshavens djup. David var så inne i sina tankar på jättehajar att han ofrivilligt skrek till när han såg en rörelse i ögonvrån.

– Ta det lugnt, David, lugnade Goliat. Det är bara en havsspindel. Flera stycken faktiskt. Stora också. Jag har pejl på ännu flera, det ser ut som om vi hittat en motorväg för havsspindlar.

David tittade sig omkring och konstaterade att det faktiskt såg så ut. Havsspindlarna rörde sig i ett mönster som påminde om bilar på en flerfilig motorväg.

– Är det normalt beteende för dem? undrade David.

– Mina databaser innehåller inga sådana uppgifter, men som bekant finns det en hel del okänt i djuphaven, svarade Goliat. Jag har skickat en kort videosnutt till Evreka, de kan kolla den där. Och var inte orolig, jag editerade bort ditt skrik.

David gav Goliat en skarp blick, men den lilla roboten lyckades se mycket oskyldig ut.

– Bara som en försiktighetsåtgärd. Både för släkten och ifall filmen dyker upp någonstans på National Geographic eller liknande. Din hjältestatus hemma och på andra ställen kunde få sig en törn annars, försvarade Goliat sin gärning.

David tittade ingående på den lilla roboten och undrade igen hur pappa Marcus burit sig åt för att åstadkomma en retfull artificiell intelligens. Han hade troligtvis studerat sina bröder, kom han fram till i ett infall av klarsynthet.

David studerade havsspindlarna. De var stora, större än hans hand. Men djuphavslevande arter var vanligen större än de släktingar som levde nära kusten, i grundare vatten. Han undrade på nytt vad de skulle träffa på i djuphavet. Kanske de skulle upptäcka någon ny art? Och få ge den ett namn? Det skulle vara lite häftigt, tyckte David. Men varför måste alla arter ha latinska namn? Han skulle gärna se en sjöstjärna som hette Robert.

Resten av dagen var händelselös. De slog upp tältet invid en brant så att en sida var skyddad. David visste att det inte var nödvändigt, men kände sig ändå lite bättre till mods med en vägg bakom ryggen. Han visste ju inte vilka monster som lurade i djupen. Någon fredlig gigantisk växtätare skulle också kunna sluka dem av rent misstag. Grönlandsvalen hade plats för två elefanter i sin mun, så en liten David skulle utan vidare kunna slinka med. Eller blåvalen som skopade upp ett par hundra ton vatten för att sila fram sin krill, den skulle knappast ens märka en David, en Goliat eller ett tält. Men blåvalen dök inte så här djupt, tänkte David. Om den inte hade någon förvuxen djuphavssläkting förstås.

Han anropade forskningsstationen.

– Dagen har varit händelselös så här långt. Konsolen visar grönt hela vägen. Dräkten och tältet fungerar bra. Goliat har utvecklats till en retsticka, jag skulle gärna ta en diskussion med min pappa om det, rapporterade han.

– Det tror vi så gärna, hördes Henriks roade röst. Men du får ge dig till tåls lite. Din pappa kommer att följa med Evreka på vägen tillbaka. Hon har avvikit för att proviantera, skaffa nyheter och skicka iväg de där fiskäggen till ett annat laboratorium som har bättre utrustning.

– Kommer pappa hit? undrade David.

– Ja, det blev bestämt tidigare idag. Han har utvecklat en bättre hydrofon så han kommer hit för installationen. Evreka kommer tillbaka om några dagar så din pappa kommer att vara här och vänta på dig när du kommer tillbaka.

David kände hur glädjen fyllde honom. Pappa skulle komma! Men vänta nu? Han skulle ju vara borta tre veckor hade han tänkt. Bara inte pappa åkte hem innan han var tillbaka.

– Oroa dig inte, han har att göra i några veckor. Han kommer att vara kvar när du kommer, bedyrade Henrik som om han visste vad David tänkte. Och blir han klar för tidigt så kommer vi att ha sönder något så han blir tvungen att stanna för reparationer.

David flinade till. Naturligtvis, vännerna skulle fixa det!

– Tack, det uppskattas!

– Så lite så. Sov gott nu!

– Detsamma!

David lade sig att sova med en bra känsla inombords. Han var ute på upptäcktsfärd och när han kom tillbaka skulle han få träffa sin pappa Marcus igen efter flera månader. Nöjd med hur allt utvecklat sig somnade han.

David och Goliat fortsatte i samma lugna takt de närmaste dagarna. De nådde Makarovbassängen utan problem och kunde konstatera att dräkten och övrig utrustning fungerade förträffligt också på över 3 000 meters djup. David visste att det inte var logiskt, men han var lite besviken på att resan varit så händelselös. De hade tagit prover som Goliat lagrat i sin egen väska, de hade skickat uppgifter om temperaturer och skannat havsbotten för bättre kartor, men i övrigt hade inget hänt. Ingen megalodon, vilket var lika bra, trodde David. Han visste inte helt hur han skulle ha reagerat om han sett en. Eller hur världen skulle ha reagerat. Eller en megastor blåval på 80 – 100 meter eller så? De hade sett en hel del skelett och Goliat hade märkt upp flera platser där fossil från numera utdöda arter kunde finnas. Hans instrument hade upptäckt mönster under bottenslammet.

Davids djupmätare visade på ganska exakt 3 560 meter när han uppfattade en rörelse precis i utkanten av strålkastarnas sken. Vad var det? Han sneglade på Goliat som inte visade att han uppfattat något. Konstigt. Goliats skanner och rörelsedetektor var mycket mer effektiv än den som David hade, så Goliat borde ha reagerat.

– Ser du något? frågade David.

– Ja, det är mina vänner spindelkrabborna, förklarade Goliat.

– Dina vänner?

– Det stämmer, jag har följt dem hela dagen.

– Utan att säga något? undrade David.

– Varför skulle jag säga något? De är ofarliga och så pass stora att du helt säkert ser dem själv.

David var inte helt säker på om Goliat var ironisk. Krabborna var stora, så pass stora att han såg benen framför sig men inte kroppen som svävade en bra bit ovanför honom. Han bedömde att krabbornas ben som de segade sig fram på mätte närmare sju meter. Ja, från klon upp till den lilla kroppen då. Själva kroppen var liten jämfört med benen, ungefär dubbelt så stor som Goliat.

– Visst ser jag dem men det skulle ha varit roligt att få en liten förvarning. Jag var ju på väg att simma rakt in i ett av benen.

– Var du? Är det något fel på dina ögon? undrade Goliat.

– Nej, det är inget fel på mina ögon, jag bara...

David tystnade. Goliat hade ju rätt, han hade ju sett dem.

– Har du informerat stationen om fyndet?

– Jag skickar bilder över en krypterad länk, men jag vet inte om någon tittar på den. Men vi fick också order om att vara försiktiga med kommunikation, så om de inte sett det än så kan de få vänta.

– Tror du att de vet vad det är vi tittar på?

– Det vet jag inte men vi får väl berätta det för dem. Sedan.

– Tror du att de kommer att tro oss? Spindelkrabbor stora som hus.

– Nej, det är väl därför som vi inte hört av dem. De vet inte vad de tittar på, konstaterade Goliat med mycket nöjd röst.

David kunde bara skratta.

De nådde Lomonosovryggen utan problem och tillbringade ett par dagar med att ta sig över den till andra sidan där Nordpolen skulle finnas. David mindes att han läst någonstans att det skulle finnas en flagga där. Han frågade Goliat.

– Vet du något om en flagga på havsbotten vid Nordpolen?

– Ja, det stämmer att det ska finnas en där, men vilket skick den är i efter 30 år är en annan sak. Den ska dock vara gjord av titan så den borde ju hålla, svarade Goliat. Det var ryssarna som placerade ut den. Ett drag i striden om Nordpolen, Lomonosovryggen och tillhörande naturtillgångar. Flaggan med flaggstång är ungefär en meter hög och har den ryska flaggans färger. Där ska också finnas en tidskapsel i titan och en minnesplakett som en australiensisk medlem av expeditionen placerade ut. Tidskapseln och plaketten kan ha täckts med bottenslam vid det här laget, men flaggan borde synas.

– Hmm, vi borde ju ha haft med oss Förenta Nationernas flagga då, och ersatt den ryska flaggan, funderade David.

– Ja, om flaggan verkligen finns kvar får vi väl ta en sväng med en FN-flagga vid tillfälle.

David tittade åter misstänksamt på Goliat. Den lilla roboten svävade på målet som en människa. Det var inte första gången det hände heller. David hade trott att robotar var logiska, antingen/eller-maskiner utan känslor och utan förmåga till obestämdhet, men Goliat lyckades vara mycket vag ibland. Han måste absolut ställa pappa Marcus mot väggen när han kom tillbaka till stationen!

– Men titta, en Grimpoteuthis! utbrast Goliat plötsligt.

– En vad för något? undrade David.

– En dumbobläckfisk, förklarade Goliat. Titta, den ser precis ut som Dumbo, elefanten i Disney-filmen! De är vanliga på det här djupet. Bläckfisken alltså, inte elefanten.

– Haha, muttrade David.

Han såg ingenting. Goliats syn var mycket bättre än hans och dessutom hade Goliat också sin fina kamera till hjälp.

– Oj, titta, de är flera! utbrast Goliat. Vad roligt!

– Hmm, ja, fint, svarade David svävande. Lika bra att vi slår läger för kvällen nu. Imorgon kommer vi troligtvis att nå fram till Nordpolen.

– Bra idé, menade Goliat, så kan jag ta de sista

proverna medan du sover. Vi är ju vid Amundsenbassängen nu, så vi kan förvänta oss lite influenser från Atlanten och dess flora och fauna. Det ska bli intressant också att se hur det ser ut vid Nordpolen. Det ryska team som var nere vid havsbotten rapporterade att det inte fanns något djurliv, men dumbobläckfiskar så här nära kan visa på att situationen har ändrats.

– Javisst, de måste ju ha hittat något att äta när de finns här, instämde David.

– Precis, svarade Goliat. Jag ska göra en ordentlig skanning av området under din sovperiod. Vi har ju tid för utforskning innan vi simmar tillbaka, bara vi vet var någonstans.

– Absolut, höll David med.

Han anropade forskningsstationen som han hade för vana innan läggdags. Rurik svarade.

– Roligt att höra att det gått bra. Och jag förstår att du är besviken på att det är så lugnt, men kanske det är bäst så ändå? Du har haft äventyr så det räcker på sista tiden.

David var tvungen att erkänna att Rurik hade en poäng där. Det hade hänt en hel del på bara ett halvår ungefär. Pandemi och räddningsuppdrag, två stycken faktiskt.

– Men du, fortsatte Rurik, en annan sak. Minns du den där tokiga professorn som jag pratade om? Clara ringde igen och hon berättade att professorn frågat ut henne om vart vi tagit vägen. Ja alltså, vi dykare. Professorn hade specifikt frågat efter oss i samband med utredningen av olyckan på oljeplattformen. Han hade blivit upprörd över att finna att vi inte var där och krävt att få veta var vi höll till. Clara hade nämnt

Evrekas namn innan hon insåg att det kanske var bäst att inte prata om Evreka eller det faktum att vi alla åkte iväg med samma fartyg.

David var tyst en stund. Känslan av olust blev bara starkare och starkare, men han visste inte varför. Hans undermedvetna försökte berätta något, men vad?

– Du Rurik, har du nämnt detta för farbror Johan? undrade han.

– Nej, det har jag inte. Tycker du jag ska göra det?

– Jag tror det skulle vara en bra idé, svarade David lite osäkert. Han kan bedöma om det är viktigt eller inte.

– Ja, det stämmer. Jag ska prata med honom. Evreka kommer tillbaka imorgon och då kommer han ner till stationen på sin vanliga rutinkontroll. Jag pratar med honom då.

– Bra!

David kände sig lättad utan att helt förstå varför. Han låg en stund utan att kunna somna. Tankarna virrade runt, men han lyckades inte få någon idé eller något uppslag till varför informationen om professorn var så viktig. Han visste ju inte heller med säkerhet att det var samma professor Ferguson som han kände. Det kunde vara en annan professor med samma namn. Slutligen måste David ge efter för tröttheten och han somnade med ett virrvarr av tankar.

KAPITEL 8 – Nordpolen

David vaknade följande morgon till Goliats tjatter. Han tittade ut från tältet och fann att Goliat pratade med en av dumbobläckfiskarna. Konversationen lät dock ganska ensidig, konstaterade David. Han åt frukost medan han studerade Goliat och bläckfisken.

– Fick du reda på något vettigt? undrade han när dumbobläckfisken slutligen simmade iväg.

– Nej, men jag följde den en bit igår kväll och den följde efter mig tillbaka. Det finns en varmvattenström en bit bort som vi kan undersöka närmare på vägen hem. Troligtvis kommer strömmen från någon av de många undervattensgejsrarna vid Gakkelryggen, en vulkanisk bergsrygg på andra sidan Amundsenbassängen. Vattenströmmen kan eventuellt ge näring åt djurlivet här nere, så vi har möjlighet att hitta lite vad som helst egentligen. På sådana här djup där solljus saknas utnyttjas en process som kallas kemosyntes istället för fotosyntes. Kemosyntesen kan ge upphov till ett helt eget ekosystem kring gejsrarna.

– Det låter spännande, svarade David. Vi ska absolut kontrollera det på vägen tillbaka, men först Nordpolen!

– Jajamän!

David packade ihop sin utrustning, noga med att få med allt skräp. Det fanns tillräckligt med skräp på havsbotten utan att han lämnade kvar sitt. De undervattensreningsverk som byggdes skulle förhoppningsvis kunna rensa upp en hel del, men även de var begränsade på grund av djupet. De som byggdes nu skulle i teorin kunna operera ner till 4 000 meters djup, men det var endast teoretiskt, då de aldrig hade testats på det djupet. Det fanns ändå en hel del havsbotten som inte skulle kunna nås. De nybyggda ytreningsverken, specialbyggda fartyg, fick numera tag i en hel del som tidigare skulle ha sjunkit till botten, men det som redan fanns på botten försvann ju ingenstans av sig själv.

David justerade remmarna till ryggsäcken så att den skulle ligga bekvämt på ryggen. Goliat tog riktning mot Nordpolen och så gav de sig iväg. Dagen till ära ökade de takten då båda hade drabbats av nyfikenhet. De var så nära nu! Framåt lunchtid kom de fram till platsen som skulle vara den absolut nordligaste punkten på hela jorden. Nordpolen!

De hittade flaggan också. Eller det som fanns kvar av den. Den såg – ja, söndertuggad ut. David undrade vad i hela friden som hade åstadkommit det? Flaggan var gjord av titan så den borde ju hålla för det mesta. Men icke, något hade tagit en munsbit, tuggat lite, konstaterat att den inte var god och sedan spottat ut den igen. David såg att Goliat dansade runt det nystan som tidigare varit en flagga och tog bilder. Han skickade alla bilder tillbaka till forskningsstationen och Evreka i realtid, så David blev inte förvånad när han hörde farbror Johans röst i hörlurarna.

– Hej du, David, vi ser bilderna men vet inte vad vi tittar på?

– Nej, det är lite oklart för oss också, men det är troligtvis resterna av flaggan som ryssarna placerade här för 30 år sedan, svarade David.

– Oj! Vad har hänt med den?

– Ingen aning. Jag menar, det är ju inte så att vem som helst skulle kunna komma åt den här nere.

– Sant. Goliat, har du någon idé?

– Mina instrument indikerar att märkena här och här (Goliats lasrar lyste upp ett par ställen på den demolerade flaggan) kommer från tänder. Vems tänder är oklart. Jag hittar ingen direkt matchning i databasen, svarade den lilla roboten.

– Så någon eller något levande har alltså försökt äta upp den?

– Det är en logisk slutledning, ja.

– Det kan inte vara fråga om konstgjorda tänder, gripklor eller något sådant?

– Inte enligt min mening, svarade Goliat. Mönstret ser inte konstgjort ut.

– Konstigt, muttrade farbror Johan. Okej, ta bilder och mät så ska vi kika på det. Vi vet ju faktiskt inte vad som finns i djuphaven, nya arter hittas ju då och då.

– Ja, det skulle heller inte vara konstigt om en art som bor under den arktiska packisen inte blivit upptäckt, menade David. Den här platsen är ju inte precis livligt trafikerad. Det är 30 år sedan ryssarna var här, och nu vi. Ett par andra däremellan. Vi kan ju ha missat vad det nu var med ett par decennier dessutom.

– Det stämmer. Men Goliats rörelsedetektorer har inte uppfångat något och gör det inte nu heller, så det är ingen fara för er.

– Uppfattat. Vad ska vi göra med flaggan?

– Låt den ligga så länge. Vi måste hitta ett sätt att offentliggöra upptäckten utan att nämna varken dig eller Goliat. Nåja, kanske Goliat. Han kan få bli en fjärrstyrd ROV istället.

– Jag måste högeligen protestera mot detta tilltag! utbrast den lilla roboten indignerat. Detta är förtal och nedvärdering å det grövsta! Jag är ingen simpel ROV!

– Naturligtvis inte, lugnade farbror Johan. Vi måste bara låta bli att lämna ut detaljer. Du är ju också hemligstämplad.

– Javisst, det glömde jag, svarade Goliat ångerfullt.

Glömde? Hur i hela friden bär sig en robot åt för att glömma? David var mycket förvånad, mest för att farbror Johan inte kommenterade det mera.

– Du är robot, du kan väl inte glömma? undrade David försynt.

– Nej, det kan jag inte, men mina system tillåter att viss information skjuts undan i bakgrunden när den inte är nödvändig för den uppgift som ligger för handen. Så då kan jag tillfälligt "glömma" saker och ting.

– Ett litet trick för att höja prestandan, förklarade farbror Johan. Men jag tror att just den här informationen borde ligga framme i alla lägen, den är så pass viktig.

– Naturligtvis, jag ska göra nödvändiga ändringar, svarade Goliat och började pipa och blinka. Ett par sekunder senare slutade han.

– Sådär! meddelade han. Nu är det gjort!

– Fint! svarade farbror Johan. Och jag vill understryka att du ju förstås är mycket bättre än en ROV. Tanken var aldrig att jämföra er, det går inte.

– Det förstår jag, svarade roboten stolt, nöjd med berömmet.

– Och du David, din pappa är med nu. Han vill gärna prata med dig senare ikväll. Just nu sover han, eftersom det blev sent med ritningar för installationer igår.

– Javisst, jag finns ju här, svarade David glatt. Och nu vänder vi tillbaka så vi träffas ju också snart.

– Det gör vi, höll farbror Johan med.

– Då så. Goliat, har vi sett vad vi behöver? frågade David.

– Jadå, det har vi, svarade Goliat.

– Bra! Hemåt då alltså! Via den där varma strömmen du hittade.

– Den ligger hitåt.

Goliat pekade. David kontrollerade sin konsol. Den riktningen skulle ta dem nästan till högsta toppen av Lomonosovryggen. David kontrollerade djupet på platsen som Goliat indikerat för varmvattenströmmen. Ungefär 2 500 meter under havsytan för att sedan stiga uppåt utmed Lomonosovryggen och försvinna över ryggen på ungefär 700 meters djup.

– Fint! Jag tycker vi kan ha lite bråttom fram tills vi träffar på den där vattenströmmen. Förutsatt att det är lika tråkigt som tidigare på vägen, alltså.

– Instämmer. Ska vi sikta på 25 knop?

– Låter bra. Så har vi lite mera tid att undersöka vattenströmmen sedan.

– Bra idé. Då kör vi!

David gjorde tummen upp och följde Goliat mot Lomonosovryggen.

Varmvattenströmmen var märkbar mitt i den stora öppna oceanen. David fann att det var ganska mysigt att simma i den. Strömmen gav honom extra fart och han kunde flyta fram utan ansträngning. Goliat guppade bredvid honom och babblade om undervattensgejsrar och svavel och bakterier som levde på svavel och rörmaskar och ekosystem som inte behövde solljus. David fann att han mådde mycket bra och han uppskattade sin undervattensvärld. Egentligen var han ganska så lyckligt lottad, konstaterade han, med möjlighet att leva i den del av världen som täckte 70 % av jorden. "De andra stackarna" fick klara sig på 30 % samt diverse flytande attiraljer.

En annan sak som han uppskattade: hans värld var tyst. Visst fanns där ljud, men det var naturliga ljud som inte skar i öronen som det hade gjort i Vernersro och sedan Birkestad. Där hade han hört ljudet från trafiken utanför, han hade hört småbåtar på sjön, och det var aldrig tyst. Visst fanns det stunder, som morgonstunden innan staden kom igång. Ibland satt han med Mommo på bryggan och lyssnade på fåglarna, men sedan tog ljuden från staden över. Här, mitt ute i ingenting, var det tyst och lugnt. Någon val här och där som pratade. Späckhuggare hade en konversation en bra bit bort. Inga pip och skrik, allt gick lugnt till. David njöt!

David väcktes ur sina drömmar av att Goliat gav till ett utrop.

– Oj!

Häpet tittade David upp och såg. Goliat hade tänt sina stora strålkastare och i skenet såg David något. Något stort, något slingrande, halvvägs upp på klippväggen strax under toppen på Lomonosovryggen.

– Vad är det? David kände en ilning i magen. Var det något farligt?

– Jag kan inte tro det jag ser, svarade Goliat. Det ser ut som en kelpskog!

– Här?

David trodde varken ögon eller öron. Kelp, ett slags brunalg, skulle inte finnas här i kolmörkret. Det skulle finnas i grunda vatten med mycket solljus.

– Hur är detta möjligt? Stationen, Evreka, ser ni detta?

– Ja, vi ser.

Det var pappa Marcus som svarade.

– Hej pappa! utbrast David.

– Hej, pojken min. Vad har ni hittat denna gång?

– Jag vet inte. Det ser ut som kelp, men det kan inte stämma. Inte så här djupt.

– Det låter otroligt, men som du vet är det mycket som vi inte vet om världens hav. Livet sägs ju ha uppstått i havet, så det skulle inte vara helt otroligt att tänka att havet hittar ett sätt för livet att existera ändå.

– Hmm, jo, det stämmer säkert.

David studerade de vajande vad det nu var när de flöt närmare. Han insåg att de var massiva!

– Jag läste tidigare om någon typ av jättekelp som växte till 60 meter, men dessa är större. Jag känner mig lite som om jag stod framför den där Redwoodskogen i Kalifornien, den med 100 meter höga träd.

David såg dem tydligt nu, även om han och Goliat fortfarande hade en bra bit fram till kelpen. Ja, det måste vara kelp, han visste inget annat som såg ut på det där viset.

– Vi har sett bilderna, svarade farbror Johan. Vi håller med, detta är troligtvis kelp.

– Antagligen någon ny underart, lade pappa Marcus till, men ändå kelp. Varifrån tar den näring?

– Skulle tro att det är den där undervattensgejsern i Gakkelryggen som försörjer den, funderade David.

– Det låter troligt, höll farbror Johan med.

– Ser ni något mera?

– Ta det lugnt nu, vi är inte ens framme vid kelpen än, protesterade David.

– Inte? Jösses, är den så stor?

– Ja, det är den. Ni ser den via Goliats och mina kameror, så det är svårt att uppskatta avstånd. Vi har några hundra meter kvar till kelpen.

– Oj...

– Det skulle betyda att den är närmare 150 meter hög då, räknade farbror Johan ut.

– Något i den stilen, höll David med.

– Kelp är hem för en hel del liv, i vanliga fall alltså. Undrar vad som gömmer sig här?

– Tja, enligt Goliats kompis dumbobläckfisken så är detta en fiiiiiiinfin plats.

– Goliats kompis vad då?

David flinade. Det var inte varje dag han lyckades överraska både pappa Marcus och farbror Johan.

– Ja, alltså, Goliat som ju är väldigt social har odlat en bekantskap med en dumbobläckfisk. Jag hörde deras konversation tidigare. Han träffade några stycken vid vår lägerplats förut.

– Aha.

Pappa Marcus var torrt konstaterande.

– Vad pratade de om?

– Ingen aning, jag pratar inte dumbobläckfiskianska, förklarade David prudentligt.

Spridda fniss sade honom att det fanns flera på linjen.

– Vi tycker det låter gulligt med dumbobläckfiskar, inflikade Helga.

Bra, vännerna på stationen lyssnade på samtalet.

– Ja, den var rätt gullig, höll David med.

– Men tillbaka till kelpen, manade farbror Johan. Djupet där är – vad? 1 000 meter?

– Nästan, men kelpfältet sträcker sig uppåt mot ytan en bra bit. Jag skulle tro att topparna nuddar 600-metersstrecket, uppskattade David.

– Goliat, har du kunnat mäta?

– Ett ögonblick, utför sista beräkningarna nu, svarade roboten. Stämmer, uppskattar genomsnittlig längd på kelp till 163 meter, vilket för topparna till ungefär 603 meter under havsytan.

– Hmm, intressant. Det är kolmörkt på den nivån. Den mängd solljus som kommer ner dit är försumbar.

– Om jag får föreslå, så indikerar mina mätningar att denna kelp eventuellt använder en kombination. Av fotosyntes och kemosyntes alltså, förtydligade Goliat.

– Hur har du hunnit mäta det? undrade David.

– Jag tog en provbit medan du inte tittade, myste Goliat nöjt.

David stirrade på den lilla roboten.

– PAPPA! Hur i hela friden har du understått dig att sända med mig en sådan retsticka?

– Lugna dig, pojken min! Jag tänkte att det är bra med lite utmaning för din intelligens. Du skulle ha blivit uttråkad av en ren robot.

David var ju tvungen att ge sin pappa rätt. Han skulle ha blivit uttråkad, men ändå.

– Du kunde väl åtminstone ha förvarnat mig?

– Och förlorat nöjet av denna underhållande konversation? Sällan, pojken min.

– Du också?

– Javisst!

– Det är bara hans avundsjuka som sticker upp sitt fula huvud, hördes plötsligt farbror Rickards röst. Låt den inte lura dig, du är mycket mera än han någonsin kommer att bli.

– Hör nu, brorsan...

– Jaja, lillebror, nu ska vi sluta käbbla och koncentrera oss på det som är viktigt. Kelpskogen!

– Som ers höghet bestämmer!

Nu hördes tydliga skratt på linjen. David skrattade med och kände samhörigheten med vännerna på forskningsstationen och släkten på fartygen. Han kände sig med ens mycket lycklig.

KAPITEL 9 – Athena

David och Goliat letade sig in mellan kelpen. David kände sig mycket liten när han simmade mellan jättekelpen. Han försökte se så mycket som möjligt utan att samtidigt simma rakt in i någon kelp. Men vänta nu, där var något som inte rörde sig med strömmen!

– Ser du det där? frågade han Goliat och pekade.

David hann bara se något som påminde om en jättelik sjöhäst. Nåja, kelpen var mer än dubbelt så stor som normalt, så varför skulle inte allt annat också vara det? Försiktigt rörde sig David mot varelsen och slutligen flöt han öga mot öga med något som liknade en sjöhäst, men ändå inte. Den var mycket stor, lika stor som Goliat. David hade för sig att sjöhästar var mycket små, ungefär som hans handflata. Han studerade den en liten stund och vände sig sedan frågande mot Goliat.

– Det är troligtvis en större släkting till den australiensiska sjödraken, förklarade Goliat.

– Hur har du hunnit konstatera det? undrade David misstänksamt. Har du tagit prover i smyg av den också?

– Nej, det har jag inte hunnit med. En snabbstudie av utseende och kroppsbyggnad indikerar nära släktskap med sjödraken.

– Vi håller med, hördes farbror Johans röst. Vi har studerat bilderna som Goliat skickat. Denna är dock betydligt större än sjödraken och förekommer också på betydligt större djup än kända sjödrakar. Det rör sig troligtvis om en ny art.

– Jippii, då får vi ge den ett namn! skrek David.

– Hoppsan, nu får vi ta det försiktigt och tänka efter lite. Är det tillrådligt att ge David tillstånd att ge namn åt en ny art?

– NEJ! hördes det i kör.

– Han är inte tillförlitlig. Han kommer troligtvis att ge den det latinska namnet för "flytande kvisthög" eller något liknande.

– Kom igen nu! Jag vet inte ens vad "flytande kvisthög" heter på latin!

– Det har ingen betydelse! Du kommer utan vidare att ställa till det för den stackars sjödraken och ge den ett namn som gör att den får skämmas i all framtid.

– Hur skulle det gå till? Att sjödraken skulle skämmas alltså.

– Eftersom ingen tidigare sett det så vet vi inte hur det tar sig uttryck, så det skulle vara rent oförsvarbart att ställa till en sådan situation. Vi måste göra vad vi kan för att undvika det, så det är bestämt; David får INTE döpa arten!

David suckade, men i sitt stilla sinne så var han ändå lite lättad. Ett sådant namn skulle ju leva kvar, så det måste göras ordentligt. Bäst att lämna det åt proffsen på Evreka, tänkte han, så fick alla skälla på dem istället.

David och Goliat rörde sig försiktigt genom kelpen, tätt följda av sjödraken. De skrämde upp småfiskar här och där. En och annan krabba syntes också. Goliat dök för ett ögonblick mot botten och rapporterade hänfört att han sett rörmaskar. "Ett helt ekosystem" hade Goliat sagt tidigare, och David måste hålla med. Han tappade räkningen på hur många arter som de såg och hur många som troligtvis var nya.

– Hur ska vi göra det här? Vi kan ju inte bara kidnappa sjödraken, eller hur? undrade David.

– Nej, ni kan väl inte det, suckade farbror Johan. Men jag skulle bra gärna vilja se den.

– Det förstår vi. Du får väl ta en tur i ubåten då. Ni vet ju var ni ska leta nu.

– Hmm, det där är ingen dum idé, funderade farbror Johan. Då kan vi hålla er borta från upptäckten. Så finns det inga behov av att göra om Goliat till en ROV för historiens skull.

David blev lite nerstämd. Hans namn skulle inte gå till historien. Han förstod ju att de bara ville väl och skydda honom, precis som hans mamma gjort tidigare.

– Men Nordpolen får ni glömma, för ubåten når inte så djupt, myste David.

– Ja, det stämmer. Är du lite skadeglad nu?

– Hmm, det är möjligt att jag är, medgav David.

– Det är okej, tycker jag. Detta är ingen vanlig situation, men det är ändå orättvist att vi måste hålla dig utanför. Det är ju faktiskt du som gjort upptäckten. Det var du som upptäckte fiskäggen också, och det är en medicinsk upptäckt som kommer att ge stora pengar. Och berömmelse.

– Precis, och där ligger problemet. Berömmelse är det sista jag vill ha, förklarade David. Jag kan inte ha del i den här upptäckten, fortsatte han bedrövat.

– Vi vet sanningen i alla fall!

David var tacksam för stödet, men han kände sig ändå ledsen. Han var annorlunda, men det var inte hans fel. Han måste hålla sig undan därför att världen var full av människor som inte förstod vad annorlunda innebar. De förlöjligade och mobbade den som var annorlunda. Till och med människor som trodde att de var toleranta visade sig vara hur falska som helst när det kom till kritan. Davids mamma hade förklarat en gång.

– Hör inte på vad de säger, hade hon sagt, se på vad de gör. Folk kan säga så mycket, men det är gärningarna som berättar vad de verkligen tycker. Hur de reagerar. Om de säger att de vill vara din vän, men ändå alltid är upptagna när du tar kontakt. Om de säger att det inte gör något att du är annorlunda, men ändå inte vill träffas där någon annan kan se er. Om de säger att du får vara hur annorlunda du vill, men ändå försöker få dig att göra som de vill. De där små gärningarna berättar så mycket mera än folk tror.

– Jag ska komma ihåg det, mamma, hade David svarat då.

– Bra, pojken min. Du är speciellt utsatt då du är så uppenbart annorlunda. Det betyder att också de som inte känner dig kommer att ge sig på dig om du ger dem tillfälle till det. Du vet det, inte sant?

Jo, det visste David. Han hade följt sociala medier och sett hur det gick till i verkligheten. Sociala medier tog numera en stor plats i vardagen. Internet var verkligheten numera, år 2037. Folk umgicks väldigt mycket på sociala medier. Dels för att avstånden blev mindre på det viset, dels för att det ansågs vara säkrast i spåren av först covid-19 och senare också povid-36. En global överenskommelse hade försökt få bukt med smittspridningen, dels genom att höja motivationen att ta vaccinet och dels genom att hitta alternativa skydd för de i befolkningen som inte kunde ta vaccinet på grund av andra hälsoproblem. Det hade i alla fall lett till löneförhöjning efter covid-19 för de i vars jobb kontakt med andra personer ingick på ett eller annat sätt. De fick risktillägg då de kunde komma i kontakt med ovaccinerade. Vissa arbetsplatser hade infört vaccineringstvång med undantag endast för de som inte kunde ta vaccinet av hälsoskäl och kunde uppvisa ett läkarintyg som bevis. Naturligtvis hade några företagsamma personer genast satt igång med att sälja förfalskade intyg, men efter att flera stora livsmedelsproducenter fått stänga ner tillverkningen efter covid- och povid-massmitta och nedgången märkts i butikerna, så hade allmänheten förstått allvaret och ställt sig på myndigheternas sida. Ramaskriet från vaccinmotståndarna hade ekat länge.

– David, vad tror du om att vi kommer till dig istället för att ni kommer till oss? undrade pappa Marcus.

– Vad då, komma hit?

– Jo, nu när Athena finns här så har vi möjlighet att nå er. Athena är ju isbrytarklassad. Inte som de stora ryska atomisbrytarna förstås, men hon borde kunna nå er position. Hon har också en ubåt. Så kan farbror Johan och jag själv och ett utvalt antal andra dyka och ta prover. Ni är ju faktiskt inte så djupt denna gång, ni är bara lite otillgängliga då ni befinner er under packisen.

David insåg att detta stämde. Han vände sig till Goliat.

– Har du kontrollerat hur det ligger till med packisen? Påverkas den alls av den varma vattenströmmen?

– Bra tänkt, David, berömde farbror Rickard. Ju tunnare is, desto bättre.

– Mina preliminära skanningar visar att istäcket har en medeltjocklek på 77 centimeter här i området. Om ni orkar ge er till tåls till imorgon så ska jag ha närmare uppgifter. Om David och jag hjälps åt så kan vi skanna ett ganska stort område innan vi slår läger för natten.

– Fin idé, instämde farbror Rickard. Så gör vi. Ge mig några minuter att kontrollera vilket område ni kunde koncentrera er på.

– Javisst!

David åt en sen lunch medan han väntade på informationen från farbror Rickard. Goliat snurrade runt, blinkade och pep så mycket han hann, helt upptagen med att mäta, skanna och vidarebefordra information till Evreka. Ett ögonblick senare tog farbror Rickard kontakt.

– Här, jag har markerat en rutt på kartan. Ni borde se den nu.

David kontrollerade kartan på sin konsol. En rutt från forskningsstationen till kelpskogen var tydligt uppmärkt.

– Koncentrera er på området här som jag har märkt upp. Det skulle vara bästa vägen för oss, bara isen tillåter, menade farbror Rickard.

– Det ska vi göra, svarade David medan han studerade området ifråga. Det skulle ta dem åtminstone hela eftermiddagen att kontrollera det, kanske förmiddagen dagen efter också. Han upplyste farbror Rickard om det.

– Fint, det passar bra. Din pappa hade med sig en komstat och en likadan bärbar version av den militära utrustningen som Evreka också har.

Ah! Den extra tjocka portföljdatorn som han sett tidigare!

– Värst vad farbror Anders är frikostig med hemlig-stämplad utrustning, kommenterade David.

– Han hade inte mycket val, svarade farbror Rickard leende. Din mamma tvingade honom.

David fnissade lite. Det kunde han förstå.

– Och förresten så är det ju din pappa som utvecklat den, lade farbror Rickard till. Nu är också ett bra tillfälle att testa den.

– Ja, det är sant. Ville inte farbror Anders följa med hit då?

– Det ville han men det går inte nu, svarade farbror Rickard. Någon måste hålla ställningarna i Birkestad. Men han hörde av sig tidigare idag och hälsade så mycket.

– Oj, tack! utbrast David.

Han hade inte pratat med sin farbror Anders på jät-telänge, ända sedan räddningsuppdraget vid oljeplatt-formen. Det kändes konstigt. Han hade blivit van att farbror Anders fanns med som en i familjen. Han hörde liksom till, men nu var han inte där.

– Han berättade också att han inte hittat något konstigt med någon på det skotska företaget som byggt utrustningen på oljeplattformen. Han skulle ju undersöka det när sabotagemisstankarna dök upp.

– Det är mycket oroande att han inte hittade något, fortsatte pappa Marcus. Det kan betyda att det var ett insiderjobb.

– Alltså, vänta lite nu, insiderjobb?

– Ja, jag är rädd för det. Farbror Anders hittade ing-enting, ingen med kriminell bakgrund eller kopplingar till sådant, ingen med stora skulder som kunde sälja information, ingenting. Inga misstänkta kontakter med någon någonstans över huvud taget, ingen med plötsliga pengar på kontot, ingen som plötsligt sagt upp sig och levde lyxliv numera. Ingenting.

David var tyst. Han visste inte vad han skulle säga.

– Det skulle ju betyda då att de saboterat sin egen utrustning?

– Ja, det är ett alternativ. Tyvärr.

– Varför?

– Det vet vi inte. Inte än. Men farbror Anders jobbar på det, därför kom han inte med. Han behövs i Birkestad. Detta är mycket mer än industrispionage. Mycket farligare. Det kan ju till och med röra sig om en främmande makt som försöker komma över svensk militär utrustning. Det är allvarliga saker och flottan ser också allvarligt på det.

– Har han informerat flottan? undrade David.

– Det har hela tiden funnits ett antal betrodda personer i flottan som haft tillgång till all information gällande både dig och Goliat, svarade pappa Marcus. Det måste det finnas, annars skulle vi inte ha fått tillgång till de resurser som vi har. Men det betyder också att farbror Anders har skyldighet att rapportera framsteg och motgångar, och det har han gjort. Nu har flottan tagit tag i saken, men inte officiellt eftersom all inblandad utrustning ju är hemligstämplad.

– Jag förstår, nästan viskade David men han kände sig mycket förvirrad.

– Jag vet att det är förvirrande, tröstade pappa Marcus som ännu en gång tycktes veta exakt hur sonen kände sig.

– Men ta det bara lugnt. Vi letar vidare och farbror Anders har också ytterligare resurser till sitt förfogande. Det kommer inte att ta lång tid förrän han har hittat något. Men var snäll och oroa dig inte nu, vi kommer att reda ut detta. Koncentrera dig på din sjödrake så länge, föreslog pappa Marcus.

David tittade på den lilla sjödraken som höll sig i närheten. Den var troligtvis lika nyfiken på David som han var på den.

– Javisst, det ska jag göra, så fort vi undersökt isläget.

– Det låter bra, instämde pappa Marcus. Vi kommer att påbörja resan mot er imorgon. Dock är vi inte så snabba och isen kommer ytterligare att hindra oss, så det tar några dagar innan vi är framme.

Tänk, bara några dagar till så skulle han få träffa sin pappa igen! David kände hur strupen snördes samman och han snyftade till. Han hade nog inte riktigt erkänt för sig själv hur ensam han känt sig utan pappa Marcus. Och mamma Lilian. Och farbror Anders som ju hörde till. Och MAX!

David och Goliat tillbringade resten av dagen med att utforska packisen i området ovanför kelpskogen. Som David trott hade den varma vattenströmmen smält en hel del av packisen, så Athena skulle inte ha några problem med att ta sig till platsen. Värre var etappen från öppet hav till stråket där vattenströmmen smält packisen. Där låg isen fortfarande ganska tjock.

– Goliat, vi tar sovdags nu och fortsätter imorgon, bestämde David efter att han börjat känna sig trött.

– Visst, jag har plottat en möjlig kurs för Athena. Imorgon behöver vi bara följa den rutten och säkerställa att den är farbar.

– Bra!

David åt kvällsmat och kontaktade stationen för sitt normala kvällssamtal. Det var Roland som svarade denna gång.

– Hejsan, David, vi såg bilderna på sjödraken. Häftigt alltså!

David måste le åt entusiasmen i vännens röst. Han mindes också hur fascinerad Roland varit av dinoflagellaterna i grottsystemet, så han kunde förstå att han gillade en sjödrake.

– Visst, den är lite häftig, höll David med. Hur går det med provtagningen?

– Jo, det går bra. Du, jag borde väl inte säga något, men visste du att Stefan och Helga vid upprepade tillfällen har setts sitta och hålla varandra i hand?

– Nej, det visste jag inte, svarade David häpet men insåg att det ju var det bästa som kunde hända. Han kom fortfarande ihåg Stefans min på fartyget den där dagen.

– Kul! Ni är väl snälla mot dem?

– Jadå, inte en enda gång har vi retats med dem. Inte mycket i alla fall, lade han till lite svävande.

– Inte mycket? undrade David.

– Njae, du måste komma ihåg att forskningsstationen är mycket liten. Det går inte att hålla något hemligt här. Vi försöker ge dem lite privatliv, men det är svårt. Vi föreslog att de skulle ta semester några veckor, men de ville inte. Dekomprimeringen i sig själv skulle ta nästan all den tiden i anspråk, vi har varit här nere så pass länge.

– Javisst ja, det glömmer jag hela tiden.

– Det tror jag säkert att du gör, flinade Roland, som

fortfarande var avundsjuk på Davids förmåga att leva i vattnet.

David skrattade till och resten av samtalet behandlade gamla minnen från grottsystemet i Birkestad.

Goliat kom fram till honom när han avslutat samtalet.

– Du, jag tror vi har sällskap.

– Sällskap? Dumbobläckfisken, menar du?

– Nej, alltså, jo, den är också här, men det är inte den jag menar, svarade Goliat. Hajen! Grönlandshajen från forskningsstationen!

– Oj! Hur har den hittat hit?

– Jag är inte helt säker, men det är möjligt att den följt efter oss. Den ska dock vara relativt långsam. Den kan ju förstås ha tappat bort och sedan hittat oss igen. Kanske den har uppfattat vibrationer från oss, antingen från jetmotorerna eller från din talapparat eller något sådant när vi undersökte isläget.

– Hmm, jo, kanhända, funderade David. Vad ska vi göra?

– Ingenting, svarade Goliat, den är inte farlig. Den är faktiskt ganska passiv. Den kommer inte att attackera, men möjligtvis vill den kolla upp oss.

– Aha, okej. Så jag går och lägger mig bara då?

– Javisst! Jag håller vakt. Men det behövs inte för den kan ändå inte bita igenom ditt tält. Eller din dräkt. Men jag ska hålla vakt ändå.

David vecklade ut sitt tält och kontrollerade att det fungerade. Han hade slagit upp det precis ovanför botten, med kelpskogen på en sida och öppet hav på den andra. Han undrade om hajen skulle ge sig in i kelpskogen? Nå, det skulle väl visa sig. Han sov lugnt även om han inte trott det när han gick och lade sig.

Följande morgon hann han bara öppna tältöppningen innan han fann sig stå öga mot öga med grönlandshajen. Han stannade till.

– Här, hälsa på Arne, presenterade Goliat.

– Arne?

– Ja, jag har döpt honom till Arne. Jag tycker han ser ut som en Arne, förklarade Goliat nöjt.

– Jaha, sade David försiktigt.

Arne tittade på honom med ögon som såg mycket konstiga ut. David tittade efter.

– Nej, han är inte blind. Det ser bara så ut, förklarade Goliat som sett blicken. Du kan klappa honom om du vill.

David hickade till. Klappa en haj?

Försiktigt sträckte han ut en hand. Hajen reagerade inte. David flyttade sig lite närmare och rörde vid nosen på hajen. Häftigt!

– Där ser du, Arne är snäll, påpekade Goliat.

– Ja, han är visst det, höll David med och smekte hajen över huvudet så långt han nådde. Arne var ju stor, närmare sex meter. Han godtog David utan problem och simmade iväg en stund senare.

– Oj, vilken upplevelse! utbrast David.

– Ja, det är inte alla som kan göra om det där, instämde Goliat.

– Sant. Men nu är det dags för frukost och sedan ska vi ta itu med att hitta en rutt för Athena.

Vid lunchtid hade de hittat en passage för Athena. Hon skulle dock vara tvungen att ta en liten omväg. Rutten gick genom ett område drivis som Goliat hittat lite västerut från den rutt som han ursprungligen tänkt. Farbror Johan hade på ett sätt blivit glad att höra det, men samtidigt inte. Den globala uppvärmningen hade redan smält alldeles för mycket av det istäcke som skulle finnas vid Arktis. Antarktis höll också på att smälta, och likadant de stora glaciärer som fanns över vissa landmassor som exempelvis Grönland.

— Men det positiva är att vi är på väg och borde vara framme om några dagar, även med omvägen. Ni hittar väl något att roa er med så länge?

— Det tror jag, svarade David. Han och Goliat skulle utforska kelpskogen och området runt omkring den så mycket de hann. David var kanske lite okoncentrerad då han väntade på sin pappa, men de skulle utforska området.

Fyra dagar senare förberedde sig besättningen på Athena att sänka ner hennes ubåt i vattnet bredvid fartyget. En stor vak var upptagen i isen så att det fanns svängrum för ubåten. David och Goliat följde hela operationen från ett litet stycke drivis en bit bort. Där var pappa Marcus! David såg på när hans pappa och flera andra klättrade ner i ubåten, som blivit döpt till Moby Dick efter Herman Melvilles romanfigur. Han såg på när besättningsmännen stängde luckan. Ubåten låg och flöt några minuter under tiden som ubåtsföraren kontrollerade att allt fungerade. Sedan lossades de kablar som använts för att lyfta ubåten från Athenas däck ner i vattnet. Sakta började ubåten sjunka när den fyllde sina ballasttankar. David och Goliat följde efter.

KAPITEL 10 – Kelpskogen

Ubåten stannade till när de började se topparna av kelpskogen i strålkastarskenet. Området var lika stort som en fotbollsplan och de vajande algerna såg mycket imponerande ut i skenet.

– Oj, suckade farbror Johan hänfört.

David log. Han gillade att de häpnade över vad de såg.

– Kom hitåt, vinkade han, så ska ni få träffa sjödraken. Och kanske den där dumbobläckfisken också. Den har hållit sig nära Goliat.

David simmade iväg och ubåten följde klumpigt efter. De höll sig i utkanten av området för att inte trassla in sig.

– Här, visade David, här träffade vi sjödraken första gången.

Ubåten vände och riktade sina starka strålkastare i den riktning dit David pekade. En liten sjödrake tittade blygt fram bakom kelpen.

– Oj igen, hörde han farbror Johan sucka.

Männen i ubåten stirrade storögt när David simmade fram till den lilla sjödraken och höll fram handen. Sjödraken kom fram till David och följde honom när han backade mot ubåten.

– Underbart! utbrast farbror Johan.

Han fumlade med sin videokamera och fick den så att fungera.

– Ojojoj, jösses, det är ingen som kommer att tro detta, muttrade han medan han frenetiskt antecknade i ett litet häfte.

– Lyft en av gripklorna så vi får något i bakgrunden som kan visa på storleken. David, du och Goliat håller er undan! Vi måste få bildbevis som går att visa offentligt.

David och Goliat backade lydigt undan.

– Underbart, upprepade farbror Johan hänfört. Det är definitivt en ny art men en nära släkting till den australiensiska sjödraken.

– Häftigt! utbrast David. Han tittade på en stund medan bröderna käbblade om vilket namn den skulle ha. Sedan såg han en rörelse i ögonvrån.

– Oj, se upp! ropade han.

En grönlandshaj kom glidande rakt mot ubåten och dess strålkastare. Sjödraken försvann in i kelpskogen när hajen tycktes nosa på ubåten.

– Jösses...

– Ta det lugnt, detta är min gamle kompis från forskningsstationen, tjoade Goliat glatt. Jag förstår ju att den kommit tillbaka. Ni måste ha dragit den med när ni startade motorerna på ubåten. Den har följt efter er.

– Kanske i förhoppning om att få en munsbit? inflikade David retsamt.

– Du, David, den här fisken är rätt stor...

– Ja, men den är inte farlig. Här ska ni se.

David räckte fram handen och klappade hajen på huvudet, strax ovanför det lilla ögat. Hajen reagerade inte.

– Den här är mycket trevlig, jag tror den är lite ensam kanske. Storleken visar att den är mycket gammal, så den vill säkert träffa lite trevligt folk ibland. Goliat har förresten döpt honom till Arne.

– Arne?

– Han ser tydligt ut som en Arne tycker jag, försvarade David sin vän.

– Jaha, Arne är det alltså. Jösses.

– Hörni, här är dumbobläckfisken också ifall ni vill fråga den något, retades David.

– Ah, min retsticka till son har upptäckt ännu en bofast, muttrade pappa Marcus.

– Naturligtvis, käre bror, detta är hans domän. Det är bara naturligt att han vill presentera oss för sina kamrater, förklarade farbror Rickard.

Han vände på huvudet, tittade rakt på David och blinkade tydligt.

– Du ska vara tacksam att vi har en person som kan introducera oss. Det skulle vara mycket mer besvärligt om vi var tvungna att göra det själva.

– Javisst, broder retsticka.

– Bra, ta oss nu närmare kelpen. Vi måste få prover av den också. Är det någon som lyckats fundera ut vad vi ska använda för svepskäl när vi får frågan om vad vi gjorde i dessa vatten?

– Nya mätningar som indikerar en varmvattenström i området? föreslog farbror Johan.

– Tja, det kan duga. Men vi är för långt bort för att kunna mäta upp något i den här trakten. Så, fler förslag?

Innan någon hann svara bröt en röst igenom på komstaten. Det var Diana, farbror Johans fru. Det hördes att hon var upprörd. Farbror Johan var precis på väg att svara henne när farbror Rickard stoppade honom och gestikulerade åt alla att vara tysta och lyssna.

– Nej, han är inte här. Inte Marcus heller. De tog en

tur för att försöka hitta mer information i isen med fiskäggen. Ta fler prover i området, utvidga sökandet, se vad mer som finns att upptäcka. Om ni vet att de finns här så vet ni också att Rickard Svensson, molekylärbiologen, är deras bror och att han blev tillkallad när de hittade fiskäggen.

– Ja, fiskäggen, hur hittades de egentligen?

David stelnade till. Han hade hört professor Ferguson prata svenska tidigare, med mycket stark brytning, och han var helt säker på att mannen som pratat var Ferguson. Men hur var det möjligt?

– Jag har inte alla detaljer. Jag är fartygsläkare, inte marinbiolog som min man, svarade Diana.

– Kanske någon av er mans kollegor kan ha hövligheten att berätta?

– Jag är ledsen, de flesta följde med Athena på hennes färd. Jag vet inte när de väntas tillbaka.

– Men ni är fortfarande här?

David rös när han hörde den sliskiga rösten. Det var absolut professor Ferguson! Han tittade på sin pappa i ubåten och såg att han kommit till samma slutsats.

– Javisst, vi har dykare nere och samlar prover. Ni vet säkert också att min man fått uppdraget att ta i bruk den övergivna forskningsstation som finns på havsbotten under oss. Uppdraget är pågående så vi kan inte lämna platsen. Min man och hans kollegor är tillfälligt borta för att leta vidare uppgifter om fiskäggen; deras härkomst, ålder, allt som de kan hitta. Jag kan tyvärr inte hjälpa er. De har för vana att kontakta oss vid kvällsmaten över radion.

Diana var smart, hon hade inte nämnt deras kommunikationssystem.

– Om ni återkommer imorgon så har jag förhopp-
ningsvis en tidpunkt för när de väntas återkomma.

– Naturligtvis. Vi återkommer imorgon. Jurij, säg till
om att vi måste ha helikoptern och ytterligare tankplan
för imorgon!

Rösterna i komstaten tystnade när professor Fergu-
son med följe avlägsnade sig. Alla var tysta tills Dianas
röst hördes.

– Johan, är du där?

– Javisst, jag är här. Tack för varningen! Vem var det
där och hur har han kommit dit?

– Vi vet vem, svarade pappa Marcus med en blick
på David. Det där var mammas kollega, professor Fer-
guson. Han har ett laboratorium i Skottland, mycket
berömt, och han har besökt Lilian ett flertal gånger.
Han är mer än intresserad av David, det gränsar till
mani faktiskt. Jag tycker inte alls om att han är här.
Vad sa han till dig, Diana?

– Han presenterade sig som ledande forskare på det
laboratorium dit fiskäggen skickades.

– Hmm, det stämmer inte, funderade farbror Johan.
Vi skickade dem till Tyskland, inte Skottland.

– Kanske det, men de skickade dem vidare, svarade
Diana.

Pappa Marcus suckade.

– Och av alla ställen så skickade de proverna till
professor Ferguson. Vilken jädra otur!

– Men han frågade hur vi fått tag på proverna?

– Ja, det är konstigt.

– Nej, kanske inte, svarade David och vände sig till
farbror Johan.

– Pratade Rurik med dig om Ferguson?

– Ja, det gjorde han, svarade farbror Johan och återgav vad Rurik berättat tidigare, om professorn som förolämpat honom och hur Clara blivit utfrågad.

– Tänk om det är samme man, att båda två är professor Ferguson. Det skulle betyda att han vet att jag är här. Eller misstänker.

– Det är inte säkert. Han kan bara ha varit nyfiken också, funderade pappa Marcus, men David hörde på hans röst att han inte trodde ett ord av vad han sa.

– Vi kan fråga Rurik om det är samme man som förolämpade honom.

– Jag hörde, hördes med ens Ruriks röst. Tyvärr såg jag honom inte. Det tar för lång tid att dekomprimera. Jag hinner inte till ytan och träffa honom imorgon. Har ni något foto eller något jag kan kika på?

– Vänta lite, svarade pappa Marcus. Hans foto finns helt säkert på laboratoriets hemsida. Här, jag skickar länken.

En paus.

– Jadå, det är samme man, svarade Rurik. Han påstod att han är professor. Vad jag vet sitter han i styrelsen för företaget som konstruerat utrustningen som användes vid nermonteringen av den där oljeplattformen. De som byggde bland annat den där kranen som rasade.

En längre tystnad. Sedan harklade sig farbror Rickard.

– Nu har jag inte varit med helt från början så jag har lite svårt att hänga med i svängarna. Kanske vi återvänder till ytan och försöker få tag på lillebror konteramiralen också? Förresten, Diana, hur kom han till Evreka?

– Helikopter. Vi hörde den alldeles för sent, vi har ju koncentrerat oss på hot under vattnet, svarade Diana.

– Helikopter, muttrade pappa Marcus sammanbitet.

– Och han kommer tillbaka imorgon.

– Okej, kan du spela ovetande imorgon också, tror du?

– Ja, det hoppas jag, han är väldigt obehaglig. När ska jag säga ni kommer tillbaka?

– Vi meddelar dig senare ikväll, över den vanliga radion ifall professorn kommit på att försöka lyssna. Men sedan måste vi ha en större diskussion. Nu vill jag inte vara ovänlig, Diana, men kanske du ska stå över detta möte? Det kan vara en bra idé att du inte lyssnar. Det är lättare att faktiskt vara ovetande än att spela ovetande.

– Fin idé, jag håller helt med. Berätta bara sedan det jag behöver veta, så kan jag med gott samvete säga att det är allt jag vet, suckade Diana lättat.

– Javisst, vi gör så. Tack! Det var smart tänkt att slå på komstaten!

– Det var det enda jag kom att tänka på i hastigheten. Nu gick han ju med på att lämna oss ensamma och komma tillbaka, men han hade flera personer med sig.

– Såg du helikoptern? Vet du vilken modell det var?

– Vänta lite, jag ska kolla med besättningen.
En paus.

– Det var tydligen en av de stora ryska, Sikorsky heter de visst. Den var för stor för att kunna landa.

– Och han sa någonting om ett tankplan.

– Vilket skulle indikera att han opererar från fastlandet och tankar helikoptern i luften. Han måste ha ordentligt med resurser eller en större organisation bakom sig för det. Men varifrån startar han?

– Bra fråga. Vi måste hitta någon som kan undersöka det. Enklaste sättet är troligtvis att meddela konteramiral Svensson i Svenska flottan och låta honom sköta det.

– Håller med. Goliat, du kan väl meddela att vi måste prata?

– Naturligtvis, det ska jag göra.

Pappa Marcus såg Davids häpna min.

– Jo, när vi kopplade bort kommunikationscentralen i Sverige från komstat-slingan så bestämdes det att Goliat skulle vara kontakten mellan oss. Han kan skicka krypterad information utan några problem, så all kommunikation utåt går via honom. Jag ska se över algoritmerna. Vi måste alla fortsätta att hålla oss dolda, men jag tror att Goliat kan sköta den detaljen också. Komstaten förvandlar tal, krypterar det så att en utomstående bara hör brus, men någon kan uppfatta mönstret och inse att vi pratar. Goliat delar upp meddelandet i så små och snabba bitar att en utomstående lyssnare inte uppfattar något alls. Sedan skickar han en bit i taget i ett oregelbundet mönster. Han kan använda samma metod för all konversation, men då måste vi styra om så att allt går via honom.

– Jovisst kan han det, svarade farbror Rickard, jag har absolut förtroende för Goliat. Men det finns ännu en sak som vi måste tänka över.

– Vad då?

– Var vi ska gömma David. Och Goliat med för den delen.

KAPITEL 11 – Rådslag

Ett par timmar senare satt David i en provisorisk bassäng i Athenas lastrum. Athena själv hade satt kurs mot forskningsstationen och gjorde god fart nu när hon inte behövde färdas genom en massa is, den som hon brutit på vägen in. Goliat låg på en bänk intill bassängen bredvid den extra tjocka portföljdatorn som pappa Marcus haft med sig till farbror Rickard. Farbror Anders var uppkopplad från Sverige och forskningsstationen lyssnade också. Mamma Lilian var också med som expert på professor Ferguson. David hade hunnit hälsa på henne innan de andra anslöt.

– Okej, om vi börjar med att sammanfatta vad vi vet, började farbror Rickard. Eller rättare sagt vad ni vet, jag vet ingenting.

– Javisst, svarade farbror Anders. Vi har redan konstaterat att det finns en hotbild mot David och också mot Goliat. I samband med testning av Goliat upptäckte vi att en person i vårt team pressades att avslöja hemligstämplad information. Kontaktperson var en person som pratade med skotsk accent. Vidare är firman som byggt utrustningen för nermonteringen av den oljerigg där olyckan inträffade skotsk. Professor Ferguson är skotte och dessutom mycket intresserad av David. Han var i Vernersro precis innan povid-36-pandemin...

Farbror Anders avbröt sig.

– Nej, det kan inte vara sant.

– Vilket då? undrade David.

– Det har ju framkommit att du är målet, svarade farbror Johan, nu vet vi varför. Professor Ferguson har ett intresse av dig. Varför vet vi inte, men han vill få tag i dig.

– Alltså, vänta lite nu, detta är bara spekulationer. Vi har inga bevis för något.

– Sant, men det är en hel massa sammanträffanden, påpekade farbror Johan.

– Det stämmer. Ubåten som inte fick med sig David skickade ju ett meddelande: "pojken kom undan", bara det. Så om det är professor Ferguson som ligger bakom så betyder det att han varit ute efter David redan i Vernersro. Innan pandemin.

– Oj jösses, började det redan där? undrade farbror Rickard högt. Släppte han ut viruset?

– Hur kan en människa vara så gemen?

– Professor Fergusons labb är ett av de få i världen som teoretiskt skulle kunna framställa SARS-WuV-viruset. De har också utvecklat en del av den utrustning som behövs, den som är så ny att den inte ens finns på marknaden än, berättade mamma Lilian. Professorn har hela tiden haft ett i mitt tycke osunt intresse för David och vad han kan göra. Det är snudd på mani. Jag kan inte ens räkna gångerna som professorn besökt oss som ledare för en eller annan grupp av "intresserade professorer".

Alla satt tysta en stund. Slutligen såg David upp.

– Vad vill han mig? undrade han. Vad är så viktigt att han är beredd att låta två tredjedelar av världen dö? Varför offrar han oskyldiga människor? Hur har han samvete att ställa till en olycka och använda den som skydd för ett kidnappningsförsök?

Ingen svarade. Ingen kunde svara.

– Så vad gör vi nu?

Det var Stefan som frågade.

– Om professorn är här nu så betyder det att han har en idé om att David finns här.

– En idé, ja, men han vet inte säkert. Annars skulle han inte ha kommit så öppet, funderade farbror Johan.

– Okej, David är säker än så länge. Vi måste se till att han förblir säker. Goliat, ditt huvuduppdrag är nu att skydda David med alla medel. Kod 3. Förstår du? undrade farbror Anders.

– Uppfattat, kod 3, svarade Goliat samtidigt som han blinkade och pep.

– Bra! David kommer att vara helt säker med Goliat.

– Men jag måste ändå gömma mig, antog David.

– Men du måste ändå gömma dig, bekräftade farbror Anders. Frågan är bara var.

– Vi andra måste jobba på att skaffa bevis. Utan bevis kan vi inte göra någonting. David är ju också hemlig-stämplad, vilket gör allt värre. Om vi ska avslöja pro-fessor Ferguson så måste vi komma överens om vad vi kan berätta och inte berätta. Vi måste veta vilka kanaler vi kan använda och vilka som inte får kontaktas. Sen får vi ju heller inte glömma att Svenska flottan har in-tresse av hela situationen, så rätt som det är ställer vi till någon internationell konflikt om vi går för hårt fram.

– Jösses, vilken soppa, suckade Roland. Vad kan vi göra?

– Jag vet inte – än, svarade farbror Anders. Jag tror det bästa vi kan göra nu är att informera mina över-ordnade och sedan hitta ett nytt gömställe för David medan vi gör upp planer. Svenska flottan har en hel del resurser, vi måste utnyttja dem. I fall som gäller rikets säkerhet kan vi få hjälp också av andra myndigheter.

– Jag har en fråga.

– Javisst, David, vad är det?

– Varför jag? Varför inte Goliat?

– Det är en bra fråga och jag tror att när vi hittar det svaret så har vi också lösningen på gåtan. Men jag tror att en sak är att du kan påverkas.

– Påtryckningar, menar du? Hot mot nära och kära?

– Ja, tyvärr. Vi måste beskydda dem också. Din mamma är relativt skyddad, vår kommunikationscentral står fortfarande parkerad på er gräsmatta. Mommo har Max, så hon klarar sig om vi placerar ut ett par män i närheten. Vi måste hitta på något med Gregor och hans familj bara.

David böjde huvudet och suckade. Han kunde förstå att han själv var i fara, men att andra skulle vara det bara för att de var bekanta med honom gick utöver hans fattningsförmåga.

– Okej, vi börjar ha något som så smått kan likna en plan, funderade farbror Johan. Storebror Anders här informerar flottan och försöker hitta bevis för att professorn faktiskt ligger bakom detta. Vi andra funderar ut var vi ska gömma David så länge.

– Vi har ett förslag, hördes Rolands röst.

– Okej, fram med det!

– Vi har det bra här i forskningsstationen och om jag förstått rätt så trivs David här också.

– Det gör jag, inflikade David tyst.

– Så vi föreslår att vi gömmer honom här tills vidare, men EFTER att professor Ferguson varit här. För att få hit honom behövs någon typ av vilseledande manöver, till exempel ett fartyg som uppför sig mycket konstigt och sedan ger sig iväg i högsta fart.

– Ja, det skulle väl vara Athena då, konstaterade farbror Rickard.

– Stämmer. Om professorn är så dryg som Rurik här tycks tro att han är, så kommer han att tro att vi fått panik och försöker flytta David.

– Han är så dryg, tro mig, bekräftade mamma Lilian.

– Det kan bli farligt för Athena.

– Ingen fara, mina besättningsmän är speciellt utvalda för det. Vi opererar ibland i regioner som inte är helt säkra, försäkrade farbror Rickard.

– Vi måste inse att vi bara vinner tid, tid som vi måste utnyttja. När professorn inser att han blivit lurad så har vi redan flyttat David till ett nytt gömställe, var det sedan blir.

– Ja, det måste vi tänka över. Vi måste ha det klart även om vi inte flyttar honom genast. En plan som är förberedd så långt det går och kan utföras på bara några timmar om det behövs. Allt måste vara klart och vi kommer överens om hur vi meddelar varandra om vad som sker.

– Ja just det, tänkte inte på det först, utbrast Helga plötsligt.

– Naturligtvis, detta kom ju lite överraskande så det tar sin tid innan tankarna ordnar sig. Vill du bara vara vänlig och berätta vad du tänkt, undrade pappa Marcus hövligt.

– Oj, ursäkta, jag menade inte att låta så påflugen, men jag kom just att tänka på att jag blev erbjuden anställning vid undervattensreningsverket som ska rensa upp i Engelska kanalen. Det finns ju som bekant en hel del vrak i den kanalen och...

– Kom till saken, syster, jag blev också inbjuden! hojtade Henrik.

– Ja, alltså, det är vår kusin som är bas för reningsverket. Eller som ska bli bas när det blir klart, alltså, det tar några månader till. Tanken var att det skulle vara klart i november i fjol, men de hann inte. Nu är tidtabellen ändrad så arbetarna ska börja flytta in i slutet av januari. I år alltså.

– Din kusin, sa du? undrade farbror Johan nyfiket.

– Ja, Selma är bokmalen i familjen. Jag är inte alls förvånad över att hon lyckats roffa åt sig positionen som chef för hela anläggningen. Hon kontaktade mig redan när jag just börjat på oljeplattformen i Norge. Hon sa att hon alltid har behov att skickliga dykare. Nu pratar vi djup på mindre än 200 meter, så det är helt annat än här.

– Och hon skulle absolut kunna gömma David. Eller hjälpa honom att gömma sig i något av de många vraken, fortsatte Henrik. Det är inte helt bra som permanent gömställe, men för att förvirra professorn kunde det fungera.

– Precis vad jag tänkte, medgav Helga. Som tillfälligt. Det är tillräckligt nära Skottland och tillräckligt nära ytan för att professorn kanske inte tänker på att leta där.

– Förträffligt! utbrast farbror Rickard. Tänkte du ta jobbet då, Helga?

– Ja, vi tänkte – alltså jag och Stefan, vi tänkte att vi skulle kontakta Selma. Vi vet ju inte om erbjudandet står fast.

– Absolut, kontakta henne och fråga. Du litar på henne? undrade han.

– Ja, det gör jag. Hon hade sina egna svårigheter som ung, så hon förstår.

– Bra! Då kontrollerar du och Stefan den möjligheten. Ni andra jobbar vidare på andra möjligheter. Ja, ni kan inte dra iväg till samma ställe allesammans igen, lade han till när de andra började stöna.

Det hördes en del muttranden men alla förstod att han hade rätt.

– Men sedan kommer David att stanna turvis hos oss alla, inte sant? frågade Rurik.

David log och tänkte igen att han hade fina vänner.

– Visst, vi hittar på något.

– Naturligtvis gör vi det, tröstade farbror Rickard. Vad vi måste göra nu är att fundera ut hur vi ska få David tillbaka till forskningsstationen och samtidigt leda professorn på villospår. Vi måste också komma ihåg att professorn kanske jobbar tillsammans med en eller flera personer, eller kanske jobbar ÅT någon som bara finns i bakgrunden.

– Diana berättade ju att han kom med helikopter. Det är inte billigt, speciellt inte då de behövde lufttanka också. Det är inte många organisationer som har resurser till det.

– Bra, det ger mig något att jobba med, en utgångspunkt för undersökningarna, tillstod farbror Anders.

– Professorn ska komma tillbaka imorgon, enligt vad han själv sa till Diana. Vi borde hitta på något då när han är på plats, så får han se med egna ögon.

– Bra idé. När hinner Athena fram till Evreka?

– Med den här farten utan uppehåll så ska hon vara inom synhåll för stationen i övermorgon vid lunchtid.

– Då måste vi fördröja professorn när han kommer

tillbaka imorgon. Signalera till Diana att hon berättar att vi är på väg tillbaka. Be att hon erbjuder professorn och hans sällskap logi på Evreka för natten så att han kan träffa oss i övermorgon och diskutera fyndet av fiskäggen. Det har ingen betydelse om han stannar över natten eller inte, bara han finns på plats vid lunchtid i övermorgon.

– Okej, då har vi samtidigt fått lite mera tid. Vi har hela dagen imorgon också att komma på en plan. Vi måste få professorn att leta någon annanstans. Första prioritet är att få David tillbaka till forskningsstationen utan att professorn får nys om det. Dessutom måste vi ha en plan klar för hur och när vi flyttar David till Selmas bas. Förutsatt att Helga och Stefan får jobb och finns där då, alltså. Vi måste också ha ett antal andra gömställen på lager tillsammans med åtminstone en övergripande plan för hur vi får David dit, men detaljerna kan vi vänta med.

– Vi måste ha flera alternativ då vi inte kan vara helt säkra på att det faktiskt är professor Ferguson som ligger bakom eller att han opererar ensam. Vi vet inte vilka resurser han har till förfogande, så vi måste ta det försiktigt.

– Stämmer. Det kommer att bli knepigt men vi ska klara det!

– David, det är bäst att du går och lägger dig. Du kommer att behöva all din styrka de närmaste dagarna. Låt oss fundera ut en lösning!

David suckade, men insåg att han var för ung och oerfaren för att ha något att tillägga i diskussionen. Han sa godnatt, kontrollerade sin konsol och kopplade bort diskussionen. Så lade han sig på sin säng i poolen på Athena. Vagt hörde han hur diskussionen fortsatte. I något skede måste han ha somnat, för när han vaknade var det tyst. Men inte länge.

KAPITEL 12 – Tillbaka till forskningsstationen

– Ubåt! Utropet kom över högtalarsystemet.

– Vi har en ubåt i vattnet på andra sidan forskningsstationen!

Farbror Rickard rusade upp tätt följd av de andra.

– Stanna här, David, vi skickar uppgifterna till din konsol. Goliat hjälper.

David kunde bara yrvaket se på när de andra försvann. Han vände sig om och tittade på Goliat som guppade bredvid honom i den provisoriska bassängen.

– Vad händer?

– Din pappas hydrofoner har upptäckt en ubåt på andra sidan forskningsstationen. Ubåten försöker hålla sig gömd, men din pappa har fuskat lite. Han har förbättrat hydrofonerna, delvis med hjälp av samma teknik som kommunikationscentralen använder.

– Hm, så det skulle betyda att ubåten kanske inte vet att den är upptäckt?

– Stämmer, och det kan vi utnyttja. Kanske, lade Goliat till lite fundersamt.

– Hur då? undrade David.

– Genom att låta den tro att den inte är upptäckt.

Pappa Marcus kom tillbaka och nickade. Han hade hört vad Goliat sagt.

– Goliat har rätt. Vi har en fördel om ubåten inte vet att den är upptäckt. Kan du skanna den, Goliat?

– Ja, men då måste jag ner i vattnet.

– Okej, ta det försiktigt bara!

Goliat pep, hoppade upp ur bassängen och rusade iväg på sina grodben. David såg efter honom.

– Han är vårt bästa försvar just nu, förklarade pappa Marcus. Goliat har en hel massa hårdvara som är helt ny, så ingen kan förutse vad han kan göra. Nu är det ett bra tillfälle att utnyttja alla hans resurser.

De satt tysta några minuter. Sedan pep Davids konsol. Det var Goliat.

– Det är samma typ av ubåt som jag fångade upp i Norge, vid oljeriggen. Jag tror inte att det är samma, mönstret stämmer inte helt, men definitivt samma typ. Den här är också omarkerad. Jag skulle tro att vi har hittat den andra av de båda ubåtar som tillverkaren inte hade uppgifter om.

– Det låter mycket troligt, hördes farbror Johan. Vi måste utgå från att den här inte heller har rent mjöl i påsen och handla därefter.

– Ja, det faktum att den dyker upp så snart efter att professor Ferguson hittat oss är också mycket misstänkt.

– Stämmer. Håll ögonen öppna men låt inte ubåten veta att vi upptäckt den. Vi vill att Ferguson blir överraskad imorgon!

Athena närmade sig Evreka och forskningsstationen precis enligt tidtabell dagen därpå. Farbror Johans fru Diana hade bekräftat att professor Ferguson med följe hade stannat kvar på Evreka för att träffa teamet och gå igenom deras upptäckt. Frukosten åts under tystnad. Alla visste att det var idag det gällde.

– Stationen, Rurik, är ni klara?

– Javisst, kör hårt bara.

David svalde, tittade på sin pappa och kramade honom hårt.

– Nu så. Hälsa mamma, sa han och svalde hårt för att dölja gråten.

– Javisst, pojken min, sköt om dig, svarade pappan och svalde han också.

David nickade och hävde sig upp ur bassängen. Han tog de få stegen fram till en liten plattform som hängde i vajrar på däck. Försiktigt satte han sig tillrätta och besättningen firade snabbt ner honom till vattenytan. David gled ner i vattnet och möttes av Goliat.

– Oroa dig inte, David, lugnade Goliat. Jag har koll på den här ubåten. Vi är helt trygga.

– Det vet jag att vi är, nickade David. Då drar vi igång, eller hur?

– Javisst, svarade Goliat, då drar vi igång.

David och Goliat nådde havsbotten utan problem. De rörde sig försiktigt mot stationen för att vara beredda att simma fram när de fick besked om att kusten var klar. De hade fördelen av att vara helt ospårbara så länge de inte använde kommunikationssystemet. Ubåten kunde inte se dem så länge den inte åkte rakt på dem. Med hjälp av Goliats krypteringsteknik skulle de teoretiskt kunna prata ostört, men för säkerhets skull hade det beslutats att David och Goliat inte skulle prata över huvud taget utan endast lyssna. David kände sig lite ensam, men hade hållit med om att det var vettigt ur säkerhetssynpunkt. Han visste ju hur oförsonlig deras motståndare var.

Ovanför Davids huvud hade Athena nått sin position. Hon skulle skeppa över farbror Johan, pappa Marcus och övriga till Evreka innan hon satte planen i verket. David tittade på sin konsol där han kunde följa Athenas rörelser. Han såg också den främmande ubåten som rörde sig mot forskningsstationen från andra sidan. Där var Athenas motorbåt med teamet från Evreka. Han hörde sin farbror Johan prata.

– Ah, professor Ferguson, förmodar jag?

David hörde vagt professorns svar och trodde att farbror Johan presenterade också de övriga. Sedan flyttade sig sällskapet inomhus och hörbarheten förbättrades betydligt.

– Ja, det stämmer, det var vi som gjorde upptäckten. En ganska revolutionerande upptäckt också, fortsatte farbror Johan.

– Ja, naturligtvis, hela äran av upptäckten tillkommer naturligtvis er, hördes professor Ferguson säga.

– Men jag undrar, hur gjorde ni denna upptäckt?

– Ja, jag måste ju erkänna att jag inte är lika stor uppfinnare som min bror Marcus här, men jag har också gjort en del förbättringar här omkring, förklarade farbror Johan. Jag har arbetat på och utvecklat en ROV, en Remotely Operated underwater Vehicle, som jag ska söka patent på. Det var under ett test av den som fiskäggen upptäcktes, av en slump faktiskt. Ibland kan slumpen spela in på de mest underliga vis, inte sant?

– Jag tror inte på slumpen, svarade professorn torrt.

– Ah, naturligtvis, fortsatte farbror Johan som om inget hänt.

– Hur som helst så lyckades vi ta prover och insåg genast vad vi hade hittat. Därför kallade jag på min bror Rickard här. Hans fartyg Athena har utrustning för den här typen av upptäckt. Men vi insåg ju att vi behövde hjälp från fullt utrustade laboratorier på fastlandet. Vi skickade prover till ett labb i Tyskland. Jag antar att de skickade det vidare till er?

– Ja, det stämmer. Vi har nära samarbete med det laboratoriet, medgav professorn.

– Jaså, jaha, det visste vi inte, svarade farbror Johan lite svävande.

David undrade lite över det konstiga tonfallet. Farbror Johan brukade inte sväva på målet över huvud taget. Till och med när han inte visste så förklarade han det bestämt.

– Nåja, tyvärr så har vi inget närmare att tillägga gällande denna upptäckt. Vi tog prover också på isen som den var infrusen i och väntar på testresultaten. En del skickades också till labbet i Tyskland.

– Jag vet, vi fick en del av dem. Isen härstammar från fiskfarmer i den ryska floden Lena.

– Utmärkt, då vet vi varifrån den kommit. Tack så mycket för informationen!

– Jag förstår fortfarande inte hur ni lyckades hitta den, envisades professor Ferguson.

– Nej, det vet inte jag heller, svarade farbror Johan lugnt. Vi testade min ROV under isen. Den är utvecklad just för att kunna gå under isen, då vi ju kunnat utgå ifrån att det finns en hel del information i isen. Vi tar prover, iskärnor, som ger besked om föroreningar och liknande. Vi är ju faktiskt här för att studera den globala uppvärmningens påverkan på Norra ishavet och allt som hör till.

– Hm, javisst. Kan jag få se denna ROV?

– Tyvärr, eftersom patentansökan ännu inte blivit inlämnad så föredrar jag att inte visa fram den. Inget illa menat, naturligtvis.

David hörde professorn muttra något och förstod att han inte var nöjd. En snabbkoll på konsolen visade att ubåten fortfarande var på väg mot dem.

– Jaha, jag hoppas vi snart får se denna ROV i aktion då, muttrade professorn något högre.

– Ja, det hoppas jag, svarade farbror Johan oberört. Tyvärr har den fortfarande lite småfel som måste åtgärdas. Därför har jag bett om hjälp av min bror Marcus här.

– Javisst, jag har hört och sett hans genius på nära håll. Jag har förstått att han utvecklat det mesta av utrustningen som hans son David använder. Hur är det med David nu? Vi fick aldrig träffa honom förra året i Vernersro, tyvärr.

– David? Jo tack, han mår bra. Jag ska hälsa honom att ni frågat efter honom, svarade pappa Marcus utan att nämna något om Davids vistelseort.

Den långa tystnaden som följde visade att professorn väntade sig att få veta var David befann sig. Pappa Marcus sa ingenting.

– Jaha, hrm, harklade sig professorn. Det förklarar ju er närvaro. Inte vad ni gjorde så långt borta från basen.

Om professorn förväntat sig att kunna överrumpla någon så misstog han sig. Farbror Johan var mycket lugn när han svarade.

– Ännu en lyckträff som har sin början i en olycka. Vi testade min ROV men styrningen slutade fungera och den drev iväg. Innan vi fick igång den igen hade den träffat på en varmvattenström som vi inte hade uppgifter om sedan tidigare. Vi passade på att undersöka den med min bror Marcus hjälp. Vi upptäckte då ett möjligt ekosystem på bortre sidan av Lomonosovryggen. Eftersom Athena här är isbrytarklassad och har en ubåt lämpad för området, så passade vi på att göra en undersökning på plats. Vi kommer just därifrån. En underbar upptäckt! Oroa er inte, vi ska offentliggöra allt via normala kanaler inom några dagar, försäkrade han.

– Jaha, så er son David var inte inblandad då?

David stelnade till. Han visste ju att de inte skulle avslöja honom, men han var mycket förvånad över den direkta frågan.

– Nej, varför skulle han vara det? undrade pappa Marcus i sin tur.

Professor Ferguson svarade inte. David hade ingen aning om vad som utspelade sig på Evreka, men han fick annat att tänka på: den främmande ubåten hade ökat farten och kom rakt mot de klippblock som David och Goliat gömde sig bakom.

– Nu är det dags för lunch, hörde David sin pappa säga.

Det var signalen! David hukade sig ner bakom klippblocken medan Goliat snurrade runt.

Pappa Marcus hade tajmat det perfekt. Ubåten rundade precis forskningsstationen när en liten figur sköt ut från Davids del av den. Den lilla figuren kom rakt mot klippblocken med hög fart. Först verkade det som om den skulle hinna undan, men sedan girade ubåten och ökade farten för att följa efter. Vem det än var som styrde ubåten så brydde denne sig inte längre om att försöka gömma sig.

Plötsligt tändes alla stationens strålkastare. Området badade i ljus, allt för att förvilla den främmande ubåten. I utkanten av den ljuscirkel som skapades satte

Goliat högsta fart mot den lilla figuren, som David visste var en av stationens jetdrivna undervattensskotrar. Skotern hade riggats med en liten kommunikationsradio av den typ dykare normalt använde. Planen var att ubåten skulle tro att det var David som försökte fly. Goliat skulle fånga upp skotern i skydd av mörkret som skapades av strålkastarna och föra den ner i djuphavet dit ubåten inte kunde följa efter. Sedan skulle Athena sätta full fart för att få professorn att tro att hon skulle möta David någon annanstans.

Innan Goliat hunnit fram till skotern tände ubåten sina strålkastare. De var otroligt starka och nådde nästan fram till skotern. Goliat kunde inte närma sig skotern utan att bli sedd! Ubåten ökade också hela tiden farten och skulle hinna ifatt skotern på bara några minuter. Nu skulle hela planen gå i stöpet! Bara ubåten kom tillräckligt nära skulle besättningen ombord kunna se att figuren var för liten för att vara en person. Goliat kunde heller inget göra. Han var också jagad, precis som David. David var precis på väg att hojta till över kommunikationssystemet när han uppfångade en rörelse i ögonvrån.

– Arne!

Ja, det var Arne. Den stora hajen hade hittat dem igen! Arne gled makligt fram men lyckades ändå placera sig mitt i vägen för ubåten och skymma sikten. Skyddet av hajens stora kropp gav Goliat möjlighet att röra sig mot skotern och han tog tillfället i akt. Ubåten tvingades stanna till medan dess förare manövrerade sina griparmar och försökte mota undan Arne. Det gick inte så bra. De lyckades bara reta upp Arne, som vände på stället och drog upp en hel del slam från botten i samma veva. Väl skymd av slammet och Arnes sex meter långa kropp kunde Goliat plocka upp skotern och ge sig iväg i hög hastighet mot djuphavet. David såg ubåten kämpa för att komma förbi Arne. Sutligen lyckades den och följde efter Goliat, som bemödade sig om att inte ha FÖR bråttom. De måste ju kunna följa honom en bit i alla fall.

David hörde motorbåten återvända till Athena och hon gav sig iväg direkt. David följde blipparna som var Goliat, ubåten och Athena ett ögonblick på konsolen. Han såg dem försvinna utanför den fyrakilometersmarkering som var gränsen och signalen till honom. Han rundade klippblocken och satte fart mot forskningsstationen efter att ha stannat till och klappat Arne på huvudet för ett väl utfört arbete. Den stora hajen lät sig villigt klappas. Han simmade ett varv runt David och tog sedan sikte mot mörkret, ut ur cirkeln av ljus.

KAPITEL 13 – Förberedelser

Roland mötte David vid fönstret som han använde som ingång till sin del av stationen. Det var Roland som skickat iväg skotern som avledningsmanöver. Han kramade David hårt.

– Jaha, det där var Arne alltså, konstaterade han sedan.

– Ja. Arne är en trevlig typ, svarade David bara.

– Absolut.

– Vi fick besked från Evreka. Sikorskyn hämtade upp professorn och hans följe när Athena vände och stack, precis som vi hoppades.

– Bra! Då har vi vunnit lite tid.

– Precis. Är du hungrig? Det är Ruriks tur i köket.

– Är det? Då är jag absolut hungrig, log David.

Roland log bara tillbaka. David och alla de övriga gillade när Rurik hade matlagningstjänst. Rurik var en mästare i köket. Han fick konservburksmat att smaka gott och det var en gudasänd gåva ansåg alla. David såg att Rurik blev glad över berömmet så han bemödade sig om att alltid ge någon berömmande kommentar. Henrik hade berättat i förtroende att Rurik tidigt blivit ensam försörjare efter att tvillingarnas mamma dött i en bilolycka när de fortfarande var mycket små. Tvillingarnas mamma hade varit mycket bra på att laga mat, så Rurik hade gått kurser för att kunna fortsätta ge tvillingarna god mat. David blev rörd när han hörde det, men hade fått svära på att inte berätta det för någon. Henrik trodde att hans pappa bara skulle bli generad. David trodde också det. Han visste att Rurik var ganska barsk men att han hade ett hjärta av guld.

– Sedan ska vi sova ut. Jag vet inte hur du har klarat det, så mycket som hänt på kort tid nu igen. Det händer alltid något när du är i farten, David.

– Eller så lyckas jag bara vara på plats när det händer något, trodde David. Det är kanske mera troligt.

– Det skulle jag inte påstå. Jag menar, du hittade ju Birkevetenväxten. Nu hittade du vitlax, vilket öppnar upp för ännu ett medicinskt genombrott. Och vem vet vad som döljer sig i kelpskogen du hittade? Där kan ju finnas vilka skatter som helst.

David var inte så säker på det, men han log mot sin vän. Det HADE faktiskt hänt mycket de senaste dagarna, efter att de nått fram till Nordpolen. Jösses, det var ju bara en vecka sedan! Stämde det verkligen? David försökte tänka efter men fick erkänna att han var för trött. Rolands förslag lät bra; lite mat och sedan sova. Han såg på när Roland försvann in i slussen och simmade sedan in till sin del och den lilla slussen för att få en bit mat.

När David vaknade följande morgon hade Goliat kommit tillbaka. Den lilla roboten hade lurat iväg ubåten mot Kanada. Det skulle bli en lustig katt-och-råtta-lek eftersom Athena hade satt kurs åt andra hållet, mot Norge. De var i alla fall säkra för ögonblicket. Men hur länge? David visste inte och det gjorde honom lite orolig.

– Jag vet att du funderar, sa Rurik. Det gör vi alla. Men vi finns här, och vi ska hjälpa dig. Vi låter ingen snorkig professor störa dig.

David log.

– Det vet jag att ni inte gör. Men jag är bara så – jag vet inte. Vi har det bra här, men nu måste vi ännu en gång ändra på allt bara för att en oförskämd person inte låter oss vara. En grym och farlig person. Varför är människor sådana?

– Det vet jag inte, erkände Rurik. Men du har helt rätt, det är orättvist att en helt annan person ska kunna påverka oss och vad vi gör på det här viset. Man måste ju visa hänsyn mot sina medmänniskor. Allt vad man gör påverkar något annat eller någon annan. När man inte tänker efter så kan man ställa till problem för någon utan att mena det. Det är illa nog, men sedan att gå och ställa till det med vett och vilja...

Rurik tystnade. David satt också tyst en stund. Han förstod så väl vad Rurik menade.

– Du har så rätt. Men vi måste hoppas att farbror Anders och Svenska flottan reder ut det här så att vi kan leva lugnt allesammans. Och där vi väljer att leva, inte där vi tvingas att leva.

Rurik nickade. Han och de andra hade valt att följa David, men det var inte hans idé att gömma sig på havsbotten, 423 meter under ytan.

– Jag förstår vad du menar. Men vi får kanske lite bättre nyheter senare idag? Helga skulle kontakta Selma idag så att vi får veta hur det ligger till med undervattensreningsverket.

– Känner du Selma?

– Ja, det gör jag. Hon är min systerdotter. Min syster gifte sig med en islänning och Selma är deras äldsta. Hon, ja Selma alltså, är bra. Rakt på sak, ärlig, precis vad du behöver. Jag hoppas och tror att hon ställer upp. Jag vill gärna att Helga tar jobb där om vi inte kan vara tillsammans allesammans. Jag vet att jag kan lita på Selma.

David nickade. Det var bra betyg, tyckte han. Han skulle trivas med Selma om det blev så att han tillbringade lite tid på hennes bas. Han visste ju att det bara skulle bli tillfälligt, men de behövde tid för att fundera ut något bättre. Athena skulle lägga ut skenmål lite här och där för ubåten, så med lite tur skulle professorn och hans medarbetare tillbringa några veckor med att leta igenom Norra ishavet i trakterna utanför Grönland. Under den tiden måste David slinka iväg till Engelska kanalen och sedan därifrån till sitt nästa gömställe, var det än blev. Han blev lite ledsen; det skulle dröja hur länge som helst innan han kom hem till Birkevattn med den här farten.

Rurik såg hans huvud hänga.

– Du saknar dem där hemma? undrade han.

– Ja, det gör jag. Mycket. Men jag måste hålla mig borta.

– Jag glömmer hela tiden att du ändå bara är fjorton år. Du verkar så mycket äldre. Jag menar i betydelsen klokare, förtydligade Rurik. Du är smart, du kommer att klara dig. Professorn kanske har vunnit den här ronden, men det kommer flera. Och du har ett tufft gäng på din sida också.

– Ja, det har jag. Var inte orolig, professorn ska inte få knäcka mig. Det lovar jag!

– Bra! Då så, det viktiga är avklarat. Vill du ha glass?

– Nej tack, det blir så smetigt i luftslussen.

– Inte alls, kära vän, vi experimenterade lite vi också när du var borta. Här ska du se, glass i tub!

Oj, de hade mycket riktigt fått in glass med hallonsylt

i den typ av tub som David vanligtvis åt sin mat ur på grund av vattentrycket. David kände det som om han vunnit en stor seger. Han njöt av sin glass och tittade nöjt på Rurik som pysslade i köket. Vad han skulle sakna forskningsstationen!

– Bra, här är de båda två! Då får vi slå två flugor i en smäll, hördes Stefan som precis kom in i det stora rummet hand i hand med Helga.

– Vad då, har ni hört av Selma? undrade Rurik.

– Det stämmer. Både Stefan och jag är anställda! Vi kan börja så fort vi kan ta oss dit och David är mycket välkommen han också, log Helga. Jag kunde inte prata så öppet med Selma över öppen linje, men vi har vårt gamla kodspråk från när vi var barn. Hon vet att något är på gång och jag berättar resten när vi ses. David kommer att vara helt säker med oss.

– Jag visste det!

Rurik var glad. Sedan suckade han lite.

– Nå, då måste jag väl börja leta efter något annat åt mig också.

– Nåja, det finns ju jobb här också. Det finns fortfarande prover som måste tas. Jobbet var beräknat till ett halvår med full personal. Nu blir ni två färre så då tar det längre tid. Det ger tid att hitta jobb som också kan innebära gömställe för David. Rätt som det är så hittar någon av Davids farbröder på något, de är ganska påhittiga i den släkten, log Stefan.

– Det stämmer, det tänkte jag inte på. Då ska jag vänta här och lunka fram och tillbaka i min ensamhet...

– Äh, försök inte nu! Du kommer inte alls att vara ensam. Du har Henrik och Charlotta, och Roland försvinner knappast någonstans heller ännu.

– Och glöm inte Arne!

– Arne?

– Ja, grönlandshajen som Goliat blivit kompis med. Han har ju hängt efter oss, så eventuellt stannar han kvar i faggorna.

– Du menar den där sexmetershajen som stoppade ubåten?

– Precis den, log David.

– Jag måste säga att jag inte är helt förtjust i hajar, men jag ska med nöje lära känna den här, förklarade Rurik.

– Fint, sa David. Jag tror att han gärna vill lära känna dig också.

Livet på forskningsstationen fortsatte gå sin gilla gång också efter att Helga och Stefan lämnat dem för resan till Engelska kanalen. De hade tagit en sväng via Birkestad för att hälsa på Stefans familj, uppdatera alla gällande de senaste händelserna och hämta en komstat för framtida behov.

En månad efter att ungdomarna gett sig iväg fick forskningsstationen meddelande att de var på plats och hade pratat med Selma. David var mycket välkommen och Selma hade redan en möjlig bostad åt honom. Nåja, att kalla det bostad var väl för mycket, men det fanns ett sjunket fartyg i bra skick i närheten av undervattensreningsverket. Fartyget låg lite knasigt till, nere i en bottenravin, så personalen på reningsverket skulle inte störa honom. Samtidigt meddelade Athena att de började få svårt att vilseleda ubåten som lurade i djupen. Det var bäst om David packade och drog iväg till Engelska kanalen. Nästan samtidigt meddelade farbror Anders att de fått rapporter om en grupp ytfartyg som var på väg mot området där Evreka höll till. Farbror Anders berättade inte hur han fått reda på det, men han rekommenderade att David gav sig iväg så fort som möjligt.

Det var svårt att säga adjö, både till de på forskningsstationen och de på Evreka. David fick flera gånger svälja tårarna när han kramade dem alla i tur och ordning. Slutligen bestämde han att nu var det dags. Han och Goliat skulle söka sig ner mot de stora djupen och ta den djupaste möjliga rutten till Engelska kanalen. David tittade en sista gång på vännerna och gav sig sedan iväg. Arne måste ha förstått att något var på gång för han dök upp ur mörkret och följde dem en bit på vägen. Slutligen sa han också adjö och försvann för att fortsätta sin ändlösa vandring från ett ställe till ett annat.

KAPITEL 14 – Atlanten

De simmade lugnt, de hade inte bråttom någonstans. Goliat ägnade nästan en hel dag åt att leka med SO-SUS, det undervattensbaserade avlyssningssystem som forna USA byggt för att lyssna efter sovjetiska ubåtar under större delen av det kalla kriget. David antog att han borde få Goliat att sluta, men såg inte helt någon nytta med det. Systemet var fortfarande i bruk och användes för att hålla reda på valar.

– Du ska vara snäll och inte ställa till det för någon stackars kontrollant som sitter och tittar, manade David.

– Systemet är helt automatiserat, det är ingen som ser det. Oroa dig inte, jag skulle inte röra det om jag visste att någon såg det. Jag vill ju inte bli anklagad för att ställa till det för någon annan heller, svarade Goliat.

David var glad att Goliat hade tänkt på det.

– Du vet väl att deras statistik kommer att bli felaktig ändå, påpekade David.

– Javisst, det vet jag, svarade Goliat oberört. Därför har jag redan raderat den.

– Vad? Det har du väl inte?

– Inte hela, alltså, bara min del av den.

– Det måste vara bekvämt att kunna ställa till med vad som helst och sedan dölja alla spår, anmärkte David.

– Det har sina fördelar, höll Goliat med.

David visste rakt inte vad han skulle svara på ett så ärligt och samtidigt oärligt svar så han höll tyst.

David fann snart att undervattensreningsverken verkligen behövdes. Han hade inte sett mycket av det i Norra ishavet då det inte var mycket trafik där, men så fort de närmade sig mera trafikerade leder så började också nedskräpningen visa sig mer och mer. Plastflaskor, glasburkar, båtvrak, hela containrar som sköljts överbord från fraktskepp. Värst var ändå det som Goliat kallade för spökgarn. Med det menade han fiskeredskap av olika slag, fisknät och trålar som tappats och nu låg på botten i en härva. Hade de tur så var de redan så förmultnade att de inte gjorde skada, men de konstfibermaterial som varit populära länge var svårnedbrytbara. Sådana redskap kunde fortsätta fånga fisk i åratal efter att de tappats. Eller dumpats. David och Goliat lade en hel del tid på att skära sönder spökgarn så det inte kunde göra mer skada. David blev mycket ledsen då han såg skelett av fiskar, sälar och fåglar som fångats i nätet vid ytan och sedan sjunkit. Han såg delfiner för evigt fångade i spökgarn. Hajar, till och med någon val. Han visste att flera organisationer under 2020-talet bemödat sig om att städa undan så mycket som möjligt, men nu befann de sig i djuphavet. Atlanten. På botten av Atlanten, på östra sidan av den mittatlantiska ryggen, en bergskedja som skapats av de eurasiska, afrikanska, nord- och sydamerikanska kontinentalplattorna. David antog att det var lika nerskräpat på andra ställen, områden som var för djupa för reningsverken.

De undervattensreningsverk som byggts skulle kunna rensa ner till ett säkert djup på 3 800 meter. Sedan blev det för djupt för den utrustning som utvecklats speciellt för ändamålet. David hoppades lära sig mer om proceduren, som innebar att botten rensades stegvis. Stora bottengående maskiner, så kallade spindlar, rensade bort de större objekten först. Spindlarna styrdes av förare och hade utrustning för att kapa större bitar till mer hanterbara mindre, som sedan drogs upp till själva reningsverket för sortering och leverans till återanvändningsstationer. När spindlarna rensat gick dykare eller mindre ubåtar in i området med stora slamsugare för att få med sig resten. Slammet sorterades ut på plats och skräpet fördes till behållare på spindlarna. De fick ibland göra om processen flera gånger för att få med allt. Slutligen gjordes förberedelser för att få det naturliga livet att återvända, ibland genom att plantera in bakterier, plankton eller större fiskar, ibland genom att skapa konstgjorda korallrev. Alternativen berodde på förutsättningarna för området.

Undervattensreningsverket dit David var på väg var lite speciellt då området där var fyllt av fartygsvrak av alla typer samt ett och annat flygplan. De nya spindlarna hade försett myndigheterna med ett sätt att rensa en annars livlig fartygsled utan att störa trafiken. De stormar som var vanliga i området kunde inte heller störa operationerna. Spindlarna kom i flera storlekar beroende på vilken typ av avfall de skulle hantera. De var dock för stora för att kunna ta sig ner i den bottenravin där Davids hem låg. Det fartygsvraket hade redan blivit tömt på olja och andra giftiga ämnen. Kablar och annan utrustning hade tagits bort. David skulle få vara ifred där. Han hade ett stort förråd av tubmat och skulle få mera senare, vid nästa gömställe. Förhoppningsvis skulle han inte behöva flytta alltför snart igen, tänkte han.

David och Goliat girade in mot Engelska kanalen efter att med god marginal ha passerat Irland. De slog av på takten och tog det försiktigt efter hand som havet blev grundare. Följande dag hörde han Helga i öronsnäckan.

– Vi har dig på komstat. Välkommen hem!